SHANGHAI LITERATURE & ART PUBLISHING GROUP

故事会
精品系列

故事会 ®

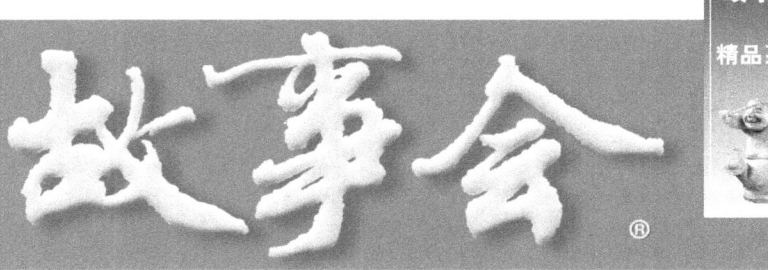

间谍故事

I0517143

上海锦绣文章出版社
上海故事会文化传媒有限公司

上海文艺出版（集团）有限公司

图书在版编目（CIP）数据

间谍故事 《故事会》编辑部编 – 上海：上海锦绣文章出版社
（故事会精品系列） ISBN 978-7-5452-0181-9
Ⅰ．①间…Ⅱ．①故…Ⅲ．故事－作品集－世界 Ⅳ．I14
中国版本图书馆 CIP 数据核字（2008）第 181329 号

丛 书 名：故事会精品系列

书 名：间谍故事

主 编：何承伟

编 委：何承伟 吴 伦 姚自豪 夏一鸣

责任编辑：刘迎曦 鲍 放

装帧设计：王 伟

责任督印：张 凯

出 版： 上海锦绣文章出版社

上海故事会文化传媒有限公司

POD 海外发行： 中国图书进出口上海公司

电话：021-36357888

传真：021-36357896

地址：上海市虹口区广中路 88 号

邮编：200083

海外 POD 发行版本

上海故事会文化传媒有限公司 出品（00246） www.storychina.cn

STORIES

目　　录

绑架的背后

把自己的弟兄们由压迫下解放出来,是一种值得去出生入死的目的。

三封绝密电

深 夜 急 电

三十年代初的一个周末深夜,长江下游的著名古城南京,这时,正笼罩在一片蒙蒙的江雾之中。全城除了不时传来一阵阵警车的尖叫声外,静极了。

在市区,一幢四周围墙上布满电网的灰色大楼里,还有不少窗口仍亮着灯光,好像一只只恶狼的眼睛,露着凶光。从这幢大楼里还漫散出无数无形电波,就像一只大毒蜘蛛拉出的一张巨网,遍布中国大地,只要哪里有一个异常的反应,得到信息的大毒蜘蛛就会迅即张牙舞爪地猛扑过去。这里,就是人们称之为龙潭虎穴的国民党特务机关中统局所在地。

大楼的第四层,有一间铺着玫瑰红地毯的宽敞办公室,这时,在一张巨大办公桌旁边的皮沙发里,坐着一位穿着呢军装的青年军官。只见他身材约在一米七五以上，一张四方脸，两条乌黑的剑眉下有一双深邃明亮的眼睛，在棱角分明的嘴唇上留着短短的小胡子。他一边听着收音机里的流行歌曲，一边品着茶，手里在不停地翻看着各种报纸，时而皱皱眉头，时而从嘴角边露出微微笑意。

他就是中统局赫赫有名的机要秘书沈潮。

沈潮是我党的地下工作者。三年前，在党组织的周密安排下，他利用与中统局局长徐心智的同乡关系，打入了中统局核心。三年来，凭着机敏果断的办事能力和善于同敌人周旋的本领，他赢得了徐心智的宠信，不失时机地掌握了对方重要情报，及时巧妙地转送到瑞金中央苏区，在粉碎敌人围剿中发挥了作用。今天，他趁这个魔窟里难得出现的宁静，悠闲地拿来各种报纸，有意无意地浏览着、沉思着。

突然，"橐橐橐"一阵高跟响底皮鞋的声音，从走廊的一头由远而近地传过来。沈潮一听这声音，忙将半个身子埋进沙发里，把二郎腿跷得很高，并且用擦得发亮的尖头皮鞋悠然地合着收音机里的节奏抖动起来。

那"橐橐"声到了门前停住了，接着"吱"一声，奶黄色的大门被轻轻推开，伴随着一股浓烈的异香，传来一个娇滴滴的声音："唷！沈秘书，你真会消遣呀！怎么不上舞厅去，在这儿忠于职守？"

进来的是个漂亮妖媚的年轻女人，她叫李飞飞，是机要报务员，徐心智的外甥女，贴身的心腹。李飞飞扭动着细细腰肢，卖弄风情地朝沈潮媚笑着，把一封电报递到他的手里。然后既不离开，也不说话，两眼流露出异样的光彩，盯视着沈潮的脸。

沈潮望着李飞飞淡淡一笑，接过电报，用目光迅速地扫了一眼，心里不觉微微一怔，不过他脸上仍然满面春风，说："是电报？放下吧。李小姐，什么时候有空，咱俩痛痛快快地跳上一个晚上,好吗?"

李飞飞惊喜地问:"你有时间陪我跳舞?"

"当然!不过此刻公务在身⋯⋯"

李飞飞似乎已听出了沈潮的言下之意,只得依恋地扭动着细细的腰肢,退出了办公室。

沈潮等李飞飞一离开,连忙走过去关上门,回身坐到沙发里,再细看手中电报。这封电报是中统湖北分局发来的,明码上写着"徐心智局座亲译",具体内容都用密码写成,而且是他从没见过的特殊密码。沈潮手捧电报,顿时感到分量重起来,他的心也直往下沉。

正当沈潮一时不知怎么办时,又听到"橐橐橐"一阵高跟皮鞋的响声,从走廊里由远而近传来。沈潮随手把电报放在茶几上,漫不经心地端起茶杯放到嘴边,轻轻吹着。

进来的又是李飞飞,她嘴里说着:"秘书大人,亏得你没走开,又来电报啦!"说着又把一封电报递给沈潮。

沈潮接过电报,应酬几句,把她打发走以后,关上门,摊开电报一看,又是湖北发来的徐心智亲译电!

这下,沈潮心惊了:出了什么事了?十分钟内连发两封密电!他坐不住了。

突然,又响起了"橐橐橐"的高跟皮鞋声。啊,李飞飞又来了!难道她来监视我对密电的处理情况?沈潮顿时警惕起来,他迅速坐到沙发上,用手按住肚子,紧皱起眉头。

李飞飞推门进来,看到沈潮这副样子,快步走近沈潮,用手摸着他的额头,问道:"啊!你怎么啦?"

沈潮苦笑着说:"没什么,胃痛。"

"要不要喊医生?"

"不用了,我这胃是老毛病,坐一会就好了。我还得赶紧把两封电报送交局座呢。"

李飞飞奉承了几句，又拿出一封电报递给沈潮，说："喏，那边又来电报了！"

沈潮接过电报，放在前两封电报上面，说了一句："李小姐，谢谢你，你快回发报室，说不准又有什么电报来呢。"李飞飞向他投去一个媚笑，转身走了。

沈潮再看那第三封电报，还是湖北来的。他心里好似猫爪抓，在屋里急得团团转，头上冒出汗来。

沈潮为什么会急成这样呢？

原来，在中统局有两种密码：一种在局里有关机要人员中使用；一种只有徐心智本人掌握。按照徐心智的叮嘱，凡是沈潮接到后一种电报，不管在什么时候，都要立即交给徐心智本人。三年来，沈潮用巧妙的手段，实际上已掌握了徐心智独自掌管的密码，所以，他对后一种密码也能随时破译。但是，今天接到的这封电报上的密码，他却从来没有见到过。显然，徐心智最近已经把密码全部更换了，这怎么不叫沈潮心情沉重而焦虑呢！

但是，更叫沈潮焦虑的是，各地中统特务机关只有遇到特别重大的事情需要汇报和传送特别机密的情报时，才使用后一种密码。根据以往的经验，使用后一种密码，大多是关系到我党安危的情报。今天，在不到半个小时之内，从同一特务机关，用同一密码，发给同一个人三封亲译的电报，这样的事情是沈潮进中统局三年来见所未见、闻所未闻的！这三封电报的价值和分量是可想而知的了。

这时办公室里静得出奇，墙上的挂钟在不紧不慢地"嘀答"着。时间，多么紧张而宝贵的时间在飞快地流逝！

沈潮用手抹了一把额头上沁出的一层细汗，双手解开了紧扣的呢军装的风纪扣，急促地踱了几步，心想：留给我破译密电的时间是有限的，不管怎样，纵然粉身碎骨，我也要尽一切力量把它破译出来！

虎口拔牙

情势危急！密电怎么破译？沈潮心里十分清楚，眼下只有找徐心智。但徐心智是一个凶狠、狡猾，多谋的特务头子，那份绝密的密码本，他是随时随地放在贴身衣袋里的。取这密码本，无异于虎口拔牙！

"当！"挂在墙上的钟清脆而沉重地敲了一下，沈潮一看时间，正是十点半。

不能再犹豫了，待在办公室里，就是苦想到天亮，也想不出办法，不如直接去见徐心智。沈潮知道这会儿徐心智正和新搭上的情妇乔娜在幽会，到那儿再见机行事。为了党的事业，就是虎穴狼窝也要闯一闯。

沈潮驾车来到东雅大旅馆。他不用人指引，就径直来到一间高级套间门前，用目光左右迅速扫视了一下，举起手照过去约定的暗号，"笃笃、笃笃笃"轻轻叩了五下门。

他等了片刻，门轻轻地启开了一条缝，接着，出现了一个肌白如玉的娇艳的年轻女人，只见她穿着一件袒胸的薄黑丝绒镶金短袖旗袍，乌黑的长波浪散发披在肩头，淡淡的脂粉，淡淡的口红，淡淡的红晕，显得不媚不俗，光彩照人。她就是乔娜。

沈潮一眼看出这个女人似乎不同凡响。据说，她是一个家道中落、被迫辍学的大学生，几个月前的一次舞会上，被善猎女色的徐心智一眼看中了。

这时，乔娜看着站在门前的沈潮，把他上下打量了一下，然后用她那柔媚的目光盯住了沈潮的脸，含着微笑，轻轻点了下头，算是招呼。

沈潮问道："请问，老板在吗？"

乔娜"嗯"了一声，嫣然一笑，说："请进。"

　　沈潮踏进门一看，这是一间十分豪华的房间，地上铺着猩红色地毯，彩绘的天花板上，高悬着一盏挂满璎珞的吊灯，柔和的灯光，使落地长窗上垂着的天蓝色的丝绒窗帘显得越发柔和、恬静。四周的墙壁上点缀着典雅的书画，墙角的两只博古架上放着古玩。

　　徐心智正舒舒坦坦地埋在沙发里吸雪茄烟。他四十上下年纪，不高不矮，不胖不瘦，穿着便装，看上去一副学者风度。他面前的一只椭圆形茶几上摆着酒菜。他看见沈潮进来，似乎感到一怔，但仍以很随便的口气问道："怎么，出事了？"

　　沈潮毕恭毕敬地垂立着，一边拉公文包，一边回答："局座，陈秘书长急要的材料，我已初步调查核实清楚，特请局座过目备用。"

　　徐心智听了不由得松了口气，不无嘉许地说："你哪，真是认真哟！我晚饭前见到立夫兄啦，他吩咐我们对军统方面的事可不能打草惊蛇，要稳……"说到这儿，他就趁着往烟缸里掐灭烟的当口，把话刹住了。

　　沈潮会意地点点头。乔娜对他们的谈话，显得毫无兴趣，这时她一扭水蛇腰奉承说："沈秘书不愧是局座的心腹要人，办事顶真，年轻有为，日后前程无量啊！来，让我代局座敬你一杯！"

　　徐心智见沈潮推辞，就笑着说："不必拘礼了，乔娜也不是外人。敬你一杯，也为咱俩助助兴，干吧！"

　　待沈潮腼腆地干下一杯酒，徐心智突然心血来潮地说："乔娜，听说沈秘书的酒量也不错啊，怎么样？今晚'花间一壶酒，对饮成三人'，咱们来个一醉方休吧。"

　　乔娜高兴地一边连连说"好"，一边就一步一扭地走进里面的套间去取酒。

　　沈潮听到一个"醉"字，心里不由一动：自己正愁没法下手弄到徐心智的密码本，现在他自己倒提出要醉酒，凭着自己的酒量和身体，要灌醉一个半老头和女人，这有何难？但他表面上仍显出一副受宠若惊的神色，推辞说："局座在此，卑职岂敢放肆。"

这时，乔娜手里已拿了三瓶酒走出来，听沈潮还在谦让，便说："沈秘书，别谦让了，入座，入座。"

徐心智也说："哎，你我名为上下级，实乃兄弟，又是浙江同乡，今晚，你凑个兴，陪我和乔娜痛饮几杯吧！来来来，过来坐。"

沈潮这才半推半就地靠椭圆形茶几的另一头坐了下来。乔娜拿来高脚大号杯，"咕嘟咕嘟"替沈潮倒了一大杯，顿时一股浓郁的酒香味直冲脑门。

沈潮喝光了杯里的酒，微微咂了咂嘴，连声称赞："啊！真是好酒！"

徐心智哈哈笑着，快活地拍了拍沈潮的肩膀："娜，既是好酒，给咱斟满，都斟满！"

于是乔娜"咯咯"地笑着，给每个人杯里斟满，干光了又斟满。一会儿，乔娜红扑扑的粉脸更红了；徐心智的醉眼露出了异样的光，直盯着乔娜；沈潮自己也弄不明白，感到眼前迷迷糊糊的，有点儿身不由己了。

沈潮一边装着开怀畅饮，与两人周旋着，一边暗暗告诫自己要镇静，不能因酒误了大事；但又感到奇怪：这酒怎么会这样厉害？他心里不禁一惊，抬头往桌上再一看，原来，乔娜今晚拿出的三瓶酒都不是一样的——大家喝的是杂色酒！

这时，乔娜跌跌撞撞地又从里间拿了两瓶酒，嬉笑着斟上了三杯："沈、沈秘书……这回该我替你干一杯啦！祝你追随局座步步高升。"

沈潮抑制住一阵阵恶心，望着那只晃动的酒杯，心里担忧：喝下，恐怕要醉；一醉，三封密电如何破译？不喝，徐心智、乔娜两双眼睛死死地盯着自己，会引起徐心智的疑心。这个徐心智的脾气沈潮是一清二楚的，他一感到扫兴就会立即把你赶出去。

赶出去可坏了大事了！想到这儿，沈潮头一昂，一杯酒下了肚。

这杯酒一下肚，可坏事了，沈潮只觉得头上的吊灯在转，房间里的摆设在摇晃。不能倒下！不能倒下！沈潮心里在告诫自己，然而，大量的烈酒正在肠胃里兴风作浪，他神智不清地倒在了地毯上……

不知过了多久，沈潮昏昏沉沉中听到房间里那只落地大座钟在"当当当"一下一下响着。他心里一震，强打精神撑开眼皮，不由得大吃一惊：只见那个喝醉了酒的乔娜，竟奇迹般地步履轻捷地走到徐心智身边，用身子偎着沙发里的醉汉，手伸进对方的口袋，一只又一只地掏摸着。

顿时，沈潮头上像被浇了一盆彻骨的冷水，他立即意识到乔娜不是一般的舞女。他想站起身来，可惜浑身无力，不能动弹。他怕被乔娜发觉，就闭上眼睛，准备冷静地躺一躺，恢复体力。

乔娜在徐心智身上摸了一会，终于从他的贴身衣衫里拿到了那本巴掌大小的密码本。她朝沈潮瞥了一眼，才轻轻走进里间。沈潮望着乔娜得意的背影，心里像沸油一样翻滚着。不一会，房里传来了拍照片的嚓嚓声，他多想冲进去啊！然而，手刚撑起来，又酥软地弯了下来。

随着轻捷的脚步声，乔娜走出房来，她迅速将密码本放回到徐心智内衣袋里，然后，又朝沈潮瞟了一眼，就伸手拿下沈潮挂在墙壁上的公文包……

凭着多年与魔鬼打交道的经验，沈潮已清楚面前的这个女特务要干什么了。他以巨大的毅力，强行控制住酒力，拔出腰间的手枪，猛地从地上一跃而起，用枪抵住乔娜，低喝一声："不准动！"

乔娜身体一颤，公文包"扑"落在地上，但她却若无其事地扭过身子，媚态百出地说："唷，沈秘书真会开玩笑，吓了我一跳。"说着，低头从地上拾起公文包，"我想看看你包里有没有美人的照片。嘻嘻,女人都有爱知道别人隐私的兴趣,沈秘书别来吓唬我了。"

沈潮冷笑道:"乔小姐,中统局的人可不个个是脓包、傻瓜!胶卷给我!"

一听胶卷,乔娜惊得一哆嗦,她一扭身就朝里间奔去,身上的一件黑丝绒旗袍也滑落到了地上,露出了只穿着像蝉翼般透明的紧身丝衫。忽然,她回过身,说:"沈秘书,你何必这么顶真呢?你难道不喜欢我……"说着,就向沈潮身上扑过来。

"乔小姐,尊重些!否则,我要招呼外面的弟兄了!"沈潮的这一手是乔娜没料到的,她只好穿起旗袍,在沈潮枪口的威逼下,交出胶卷,交代了军统局使用美人计的意图。

沈潮待乔娜交代完毕,随手撕开床单,把她结结实实捆起来绑在床脚上,然后带上房门走出来,一看徐心智醉得仍像只死猪,他立即动作极其敏捷地从徐心智内衣口袋里掏出密码本。他把那三封密电破译出来后一看,顿时惊得脸色煞白,"啊"一声叫出来。

在魔窟里进进出出、一向从容镇定的沈潮,为什么译出三封密电内容后会如此惊慌失态呢?

要知道沈潮为什么惊慌失态,先看看三封密电的内容吧。

第一封密电的内容是:

共党要人章顺被捕获,其已表示愿效忠党国,如能速解总部,三日之内可将共党在沪某中央机关一举扑灭。

第二封密电:

拟用兵舰解章顺来宁。盼示。

第三封密电：

　　因兵舰太慢，拟改用飞机。急盼示。
　　又，据悉：局秘书沈潮系共党所遣，万勿使其知情！

　　这三封密电，直接威胁到党中央在沪某机关的存亡，这是沈潮从没遇到过的严重事件。沈潮手中捏着三封密电，如同捏着一块烧得通红的烙铁，一阵阵钻心的疼痛直袭心头。

　　"三日之内可将共党在沪某中央机关一举扑灭"、"拟改用飞机"的密电内容，在沈潮的脑际飞速地闪来闪去。如果改用飞机，章顺一到，不用三天，这个设在上海的中央机关就有覆灭危险！时间的紧迫和突如其来的严酷险情，像恶魔一般向沈潮扑来。

　　沈潮虽然没有见过章顺，但他知道，此人是负责中央某机关特科具体工作的，还亲自主持行动科，这是专门对付国民党的重要部门，因此他熟悉上海中央某机关领导同志的全部秘密住址和许多重要机密，他的叛变必然对党组织的安全带来极其严重的威胁！

　　沈潮抬腕看了看表，见离天亮只有三个多小时了，如果不能迅速将此情报送交上海，后果不堪设想。当然，只要章顺到达南京，他自己也将被逮捕，但倘若他立即乘快车去上海的话，叛徒所留下的遗患又怎么消除？这许多问题，像旋风一样朝他扑来，又像千万根钢针猛扎着他的心。

　　可是还没让沈潮考虑如何来处理眼前的突变，躺在沙发里的徐心智忽然翻身坐了起来，睁开了血红的眼睛，惊得沈潮头皮直发麻。幸好，特务头子只胡言乱语了几句，又倒下去"呼呼"睡了。沈潮当机立断，把密码本重又塞到徐心智内衣口袋里，然后，苦苦思索着对策。

徐心智又翻了几个身,嘴里"叽哩咕噜"一阵,终于睁开了眼皮,见沈潮立在边上,他吃力地招招手说:"醉,我、我也会醉吗……来,给、给我点水、水。"

沈潮给对方倒了杯水,等徐心出智"咕嘟咕嘟"一口气喝光,他走近一步,惴惴地说:"局座,出大事啦!我喊了您两次都不见您醒过来,我只好把您推醒了。"

徐心智微微一怔,醉眼惺忪地抬起头,不解地望着沈潮问道:"出事?"

"乔娜是军统方面派来的!"

"啊?你怎么会知道?"徐心智听到这儿,酒醒了大半,惊恐地一跃而起。

沈潮就把刚才发生的事情渲染加工地向他汇报一遍,接着又把乔娜偷拍的胶卷递了过去。

徐心智抖抖索索地接过胶卷,取来放大镜,凑在灯光下仔细一瞧,果真是自己随身所带的中统绝密电码,他发怒地转过身来问道:"乔娜在哪里?"

"被我捆起来了,就在里间,听候局座发落。"沈潮说着,就引徐心智到了里间。

别看徐心智平日里喜近女色,但他对敢于利用他的这一弱点设置圈套的人特别憎恨。他狠狠地把捆作一团的乔娜拉来跪在自己面前,逼她再把军统局的阴谋详详细细地交代一遍。徐心智听得脸色铁青,上去"啪啪"狠狠扇了乔娜两记耳光,余怒未息地嚷叫道:"哼!这帮畜生!军统、军统,统到老子头上来了,我要告到老头子那儿去!沈秘书,备车!"

"局座,"沈潮凑近徐心智耳边说,"此事还是私了为妥。"

"为什么?"

"乔娜毕竟是一个不值钱的货色,局座身居党国显要,声张出去,有碍局座声名。"沈潮停了停,"依我看,不如直接找到军统门上,戳穿美人计,就显得局座明察秋毫、一身正气。军统见把柄抓在您手里,今后不敢不收敛。"

徐心智略带浮肿的眼皮跳了跳,想了一会,点点头说:"嗯,也是。我这就去找他们算账,这条狐狸精,你连夜详加审讯,天亮以后把笔录给我。"

"是!"

两 只 电 话

沈潮支开徐心智,是他急中生智的一着险棋。他待徐心智的汽车开走后,就把乔娜押上福特轿车,直奔局本部。等车子在局本部大楼前停下来,他把乔娜交给小特务看押,自己胸有成竹地踏进电梯,来到四楼。他径直走到机要报务室门口,咳了一声,伸手在门上敲了几下,等了片刻,不见李飞飞开门,他又重重敲了几下门,叫道:"李小姐,快开开门,有急电要发出去!"

"唔!是沈秘书,快请进吧!"随着话音,李飞飞拉开门。看到沈潮,一双困倦的丹凤眼立即大放光彩,"深更半夜的,又有什么急事呀?"

"有份急电要发出去。"沈潮一边回答,一边跨进门去。

这个李飞飞,早就爱上一表堂堂、才华出众、又深受局长器重的沈潮了,平时,不管人前人后,只要见到沈潮就频送秋波。沈潮为了便于开展工作,一直采取若即若离的态度,这下李飞飞却追得更起劲了。

现在见沈潮深夜敲门,喜得她浑身轻得快要飘起来了,她把沈潮按在椅子上坐下,也不管什么急电不急电的,就飞进里面房间,抓出几只大苹果,坐在沈潮对面,拿出小刀就削。

沈潮此时心急如焚,哪有心思尝苹果,他连忙笑笑说:"李小姐,不忙招待,先把电报发了,我再尝你的苹果。"

"唷！吃个苹果有什么关系，难道我的苹果是苦的，吃不得？"

"哪里，谁不知道李小姐是金陵一钗呀？能尝到你亲手削的苹果，我的福分真算不浅啊！不过，今天实在有急事在身，不能耽搁呀！"沈潮边说边从公文包里掏出拟好的电文，"这是局长指示马上拍到武汉去的。"

李飞飞不敢再拖了，她放下手中的苹果，坐到发报机前，抓起耳机，撒娇似的说："那么，你把这给我戴上，我才替你发。"

沈潮只得苦笑着替李飞飞戴上耳机。不料李飞飞却就势把头向后一靠，倒在沈潮的怀里。

沈潮忙轻轻推了她一下，说："李小姐，这样让局座知道会多不好，还以为我贻误军情是为了你呢！"

李飞飞虽说轻佻，但毕竟是个忠于中统事业的女特务，一听到贻误军情，顿时清醒过来，连忙直起身子，把手向上一伸，说："电文呢？拿来吧。"

"喏，"沈潮把电文递给李飞飞，"局座还在等我的回电呢。"

李飞飞接过电文，轻声读道："来电已悉，请于今晨六时正把货运交江边机场，有人接收。徐心智。"

李飞飞读完电文，忽闪着眼睛问："咦，怎么，局长没有签字？"

沈潮装得很惊讶地说："不可能，我拟好电稿给局长签了字的呀！"

李飞飞娇嗔地瞥了沈潮一眼，递上电文说："签了字的？你自己看，在哪儿呀？你呀，也会有粗心的时候！"

沈潮接回电文，懊恼地皱着眉说："这真是越急越忙，越忙越乱。局座也给急得……唉！"

"快去补上吧。"

"补？"沈潮故意摸出手帕擦了擦额角，"这样急的事情，来得及补吗？假如来回奔波耽误了战机，那局长不怪罪我才怪呢！"

李飞飞见沈潮这副着急的模样，一时也想不出救急的办法，支吾着说："可、可坏了规矩，局长的脾气你还不清楚？"

"哎，这也是，都怪我急于发电，没有查对一下。"沈潮站起身，靠近李飞飞说，"你就帮我这一回忙吧！"

"这……"李飞飞左右为难了。一边是一时陷入窘境的日思夜盼的心上人，而且是第一回这样求自己！另一边却是反复无常的堂堂一局之长，尽管他是自己的舅舅，但是犯了规矩，同样不会宽恕她。

沈潮当然也窥探到了李飞飞的内心矛盾，他阴着脸说："李小姐，在我想象中的李飞飞本来是个多情而机敏果断的人……"说着戴起手套，一边故意朝门外走去，一边不无遗憾地说，"想不到，才遇上一点小事就慌了手脚，我差一点看错了人！"

李飞飞是个爱虚荣而又自尊心很强的女人，被沈潮一激，急得脸色绯红地说："别走！你、你当真以为我不替你发？"

沈潮听到李飞飞的唤声，知道自己这激将法起了作用，但他只站定了脚，连身体也没有转过来，不冷不热地说："李小姐，算了吧，我不想让你为我惹祸，还是让我一人去顶罪挨训吧！"

李飞飞以为沈潮真的生气了，赶紧扑过来，双手搭着沈潮的肩背，脉脉含情地说："你的脾气比局长还大，就许你一本正经，不容我开个玩笑？给我！为了你，天塌下来我去顶。"

沈潮这才转过身，把电文重新交给李飞飞，说："其实，也不用你去顶罪。局长查问下来，我会解释的，我怎么会让你替我一个男子汉受冤屈呢？李小姐，请你抓紧时间发出去吧！与其耽误战机不发，还不如让我去领罪，或许到时还可以解释清楚。"

李飞飞"嗯"了一声，爽快地坐到发报机前，手按电键熟练地"滴滴答答"拍起报来。

谁知李飞飞的电报还未发完，突然，她手边的一只专线电话响了起来。她暂停发报，随手拎起听筒，一听，顿时惊叫起来："啊！是徐局长……有的，嗯、嗯……那他……"没等她再说下去，沈潮手中的无声手枪"扑"冒出了烟，那电话筒从李飞飞的手中滑落下来，只见她像捆棉花秆似的慢慢倒在地上。

沈潮因为不知道发向武汉的电报呼号，才强按住内心急火，和李飞飞蘑菇了好一阵，激她发报。没料到情况突然发生变化，徐心智打来了电话，如果让敌人从李飞飞那儿得知自己已给武汉发了电报，他的整个计划就会全部落空！因此，他没容李飞飞说话，就断然扣动无声手枪的扳机。

沈潮预感到敌人很快就要猛扑过来，他迅速将李飞飞的尸体从发报机前拖开，接着将尚未发完的电报发完。紧接着连气也顾不得喘一口，就把话筒放到坐盘上，再拉到身边，"嗒嗒嗒"拨了一个号码。这个号码，是他来到中统局之前，中央一位负责同志亲口告诉他的，规定只有在万不得已的危急情况下才能使用。

"嚁嚁嚁嚁……"窗外响起了一阵尖利的哨子声，沈潮微微一震，他知道这是负责值勤的特务在集合队伍。难道敌人已经发现了情况？他警惕地留心着外面的动静，耳膜里只有传呼声，没人来接！他急得抓耳挠腮，面红耳赤。忽然，电话通了，一个沉着老练的男中音在电话里问道："谁？"沈潮惊喜地答道："我是那个卖茶叶的朋友，请五点正在指定地方碰头。"

"知道。"电话挂断了。

沈潮松了口气，刚想离开发报室，但是，已经迟了！大院内外传来了一连串的呼叫："弟兄们，局座指示，沈潮是共党分子，别让他跑了！"

啊！这个狡猾透顶的徐心智来得真快！沈潮镇定了一下情绪，"嗤啦"一声拉开公文包，运用从苏联学到的化装技术，三下两下就把自己化装成了一个老头子，又从李飞飞的办公桌抽屉里找到一支手枪塞进怀里，然后，推开发报室门。但是，已经迟了，从走廊尽头已传来急促的脚步声。

眼看冲不出去了，沈潮急忙退回来，把门反锁好，一时急得在发报室里踱来踱去。跳楼吧，他一步跨到窗口朝下一望，下面黑咕隆咚的，从这四层楼跳下去，不摔个粉身碎骨，也得跌个七窍流血，后面的工作还怎么做？

这时走廊里的脚步声越来越近了，忽然从窗口吹来一阵风，把窗上的湖蓝色真丝窗幔掀得飘了起来，沈潮见了，忽地有了主意，他用力扯下窗幔，把它撕成好几条，一条一条打起结，推开窗，把布条子的一头系到铁窗格上。

"乓乓乓"敌人已在猛力地敲门了。

沈潮连忙将真丝条子的另一头抛下窗去，然后像猫一样敏捷地跳上窗台，紧紧攥住条子慢慢滑下去。谁知还没等沈潮的脚落到地上，院子里突然亮起了灯光，敌人像狼嚎一样尖叫起来……

沈潮能不能逃出狼窝呢？还得把这事暂时搁一搁，回过头去先说徐心智是怎么知道沈潮是共产党的。

几个小时前，徐心智气势汹汹地坐车直驶军统局总部兴师问罪，接待他的是一位校级军官，他非常谦恭地把徐心智让进一间幽静的小会客室，请他坐下，奉上香茶，然后满脸堆笑地询问来意。这时的徐心智也许是因为在气头上，也许是因为他见对方的军阶比自己低得多，所以傲气十足，开门见山地责问对方指派乔娜的用意。不料对方面对徐心智的责问，一点也不着慌，仍然若无其事地笑笑说："局座，请勿动肝火，我们都是为了忠于党国，我们之间的事好商量。"他不等徐心智开口，突然换了话题问道，"请问局座，您今夜可曾收到三封要您亲译的绝密电报？"

徐心智被对方这么一问，懵住了。他想：军统、中统互截机密情报是常事，机密电报都是由沈潮经手的，可今晚他来东雅时只字没提呀，难道他……不会，不会，说不定是军统见我抓住了人质，故意用这话来糊弄我。想到这儿，他反问对方："你们何以知道有我的亲译密电？"

"这点就恕难奉告了。"接着，对方似乎已看穿了徐心智的心思，用一种揶揄的口吻说，"不过，我们关心的是对付我们共同的敌人——共党。半年前，种种蛛丝马迹，使我们对您那位忠于您的机要秘书沈潮发生了兴趣，乔娜此举与此也不无关系。嘿……"

徐心智哪能受此嘲弄，他差点要跳起来扇对方两记耳光。可是，他毕竟是个老谋深算的特务头子，他强压怒火，拎起旁边的电话打到报务室。他从李飞飞的几个"嗯嗯"声中证实了果然有三封密电。他问李飞飞沈潮在哪儿时，不料只听到李飞飞说了一个"他"字，话筒就"啪"一下挂断，再也听不到任何声音。他终于明白出事了，立即果断地又拨通电话，命令负责值班的特务集合队伍先把沈潮抓起来。他自己连和对方招呼也来不及打，就急匆匆钻进汽车，向中统局总部大楼飞驰而来。

徐心智一到，巨大的铁门顿时大开，汽车进入院内。他吩咐开亮院内的灯火，特务们尾随在他身边直上四楼。他气喘吁吁地奔到报务室门前，那门已被砸开，冲进去一看，只有一具女尸和随风飘荡在窗外的窗幔条子。他气得一把揪住负责值勤的特务，左右开弓连连扇了几个耳光，骂了一句"废物"。

可是，他并没有就此颓唐地瘫倒在皮沙发上叹气，因为他清楚，在自己身边出了个共产党的地下工作者，事情传到老头子那里，即使陈立夫有心保荐，也无力解脱他窝藏共党之罪。唯一的办法，只有不惜一切代价把人抓住后杀人灭口。

于是，他迅速地进行了搜捕沈潮的布置。不一会，一辆辆警车、摩托车吼叫着从这只"大毒蜘蛛"里冲出，一批批武装军警和便衣特务被派往各车站、码头和交通卡子。

机 场 接 客

沈潮是怎么从狼窝里脱身的呢？当他紧攥着窗幔条子滑到离地面还有丈把高时,下面的灯突然亮起来,他急忙一松手跳落到地上,幸亏这儿是一条通向贮藏室的甬道,他跃过甬道边的一道矮墙,趁着特务跟着徐心智上楼时的一片混乱之机,整整衣帽,大摇大摆地混出了大门,而后又敏捷地闪进了一条小巷。

沈潮一路穿小街、过小巷,当他奔到玄武湖畔时,听到四处响起了警车的阵阵嚎叫声。沈潮知道徐心智开始搜捕自己了,他一边加快脚步,一边警惕地注视着前后左右,直朝约定的地点——中央商场附近的小吃店疾步赶去。

他赶到那儿,正好时交五点。沈潮警惕地朝四周打量着,见没有异常情况,便大步跨进了一家毫不显眼的小吃店。他根据确定的联络方式,看见左边第二张桌子上坐着一个中年汉子,时而低头握着调羹拨弄碗里的小元宵,时而抬头匆匆瞥一眼店门口。沈潮镇静地走过去,在那中年汉子的对面坐下,也要了碗小元宵吃了起来。

沈潮边吃边从长衫口袋里摸出一张折叠好的报纸,往桌上一摊,一边吃一边认真地看着。

那汉子用眼角瞟了一眼报纸,见是张《中央日报》,就开口问道:"老兄,有新消息吗?"

沈潮反问道:"老弟,你想听什么消息?"

"唉!什么都想听,又什么也不想听。"那汉子用玩世不恭的口气似答非答。他从桌旁站起来,伸了个懒腰,走了。

沈潮见状按捺不住喜悦的心情:我们的同志!他随手轻轻折起报纸,喝了口元宵汤,尾随那汉子离开了小吃店,来到了一处背人的小巷。

沈潮急切地向那汉子介绍道:"同志,我是沈潮!"

"看错人了吧?"那人又用另一特殊暗号继续试探他,"我是商务洋行的职员。"

"对呀!商务洋行的经理还是我大哥哩。"沈潮连忙对上暗号。那汉子立即上前紧握着他的手:"沈潮同志,我叫黄松,发生了什么事情,请说吧。"

沈潮往四下看了一下,凑近黄松说:"我党中央机关内出了一个叛徒,名叫章顺,现已被武汉中统特务机关抓获,将在今天早晨六点钟解到江边机场。现在已是五点二十分,情况万分危急!为了解除对党中央机关的威胁,我决定暂时利用自己的特殊身份,立即赶到机场亲手干掉章顺,请求得到地方党组织的配合……"接着沈潮简要地谈了自己的具体行动方案和设想,最后要求替他备一辆小车。

"党信任你!记住:我们永远战斗在你的身旁,祝你成功!"黄松说完稍一沉吟,"小车五点四十分准时停在大方巷口右侧的路边。"

沈潮告别了黄松,看看表,赶去大方巷的时间所剩不多了,这时正好来了一辆三轮车,待他上了车,那车夫立即飞也似的朝大方巷蹬去,在离预定地点五十米左右的地方停了下来。

沈潮下了车,刚朝前走了十几步,突然,从大方巷的前面飞速扑来一支摩托车队,只听"嘎嘎嘎"一阵响,车队停下来了。沈潮暗暗吃惊:难道敌人知道了我在这儿接头?他不由放慢了脚步。

摩托车上的特务很快跳下车,把周围一圈包围起来。待他再想向后退时,后面又有一队摩托车赶到……啊!莫非真的暴露了?不,不可能!黄松同志是南京地下党组织中对敌斗争经验丰富的老同志了,他不会有什么疏忽的,况且,我与他单独接头,在短短的二十几分钟内,敌人也不会发觉得如此之快呀!但是，四周的特务却在摇摇摆摆地走过来。

这时，只见一群特务吆吆喝喝地从前面一幢小楼房里推搡着一位两鬓花白的老人走出来，沈潮一看，心里大吃一惊：这老人不是自己未婚妻的叔父冯教授吗？这时他才醒悟到：敌人不但在搜捕自己，也在逮捕自己的亲戚朋友了。好狠毒的徐心智啊！

但是重任在身，沈潮只得眼睁睁地看着老人被押上了警车。

时间已是五点四十九分，按约定的时间已超过九分钟！这九分钟，是多么至关紧要的九分钟！沈潮正悲愤不已地目送押着冯教授的警车远远驰去时，忽听身旁传来"嘎"一声，一辆乌黑发亮的"奥斯汀"轿车停在眼前，接着一位衣冠楚楚的司机从车里伸出头，对沈潮说："先生，请——商务洋行的黄经理正等您呢！"

沈潮已明白司机话中之话，立即拉开门坐到了后面的座椅上，车子"呼"地开走了。

司机一边开车，一边说："沈潮同志，黄松刚才要我转告你，敌人已加强了车站、码头等地的警卫和搜查，并且对你的亲属也开始逮捕了，你要做好思想准备。"

沈潮说："我刚才已经看到了，请转告党，我已做好了一切思想准备。"他顿了一下，看了看表，沉着地对司机说，"已经五点五十三分了，离江边机场还有一段路，同志请再加码！"

一路上，沈潮抓紧时间，把到江边机场后的具体做法告诉了司机，司机听完后会意地点了点头。

江边码头渐渐映入眼帘，沈潮知道离机场已经不远。他掏出一副眼镜，用手帕擦了擦戴上，然后脱下长衫，卸下装，紧了紧武装带，再检查了一下武器。

机场终于在眼前了，这时正好六点还差两分钟。小车刚驶近机场，就听见头顶上传来了飞机的轰鸣声。沈潮探出窗口朝空中望去：一架美式军用飞机，正在徐徐降落。

"到得好准时啊！"沈潮轻声说道。汽车到了警卫森严的机场门口，沈潮向值勤的门岗亮了一下特别通行证，就被放了进去。飞机刚一着陆，沈潮的车子也驶近了飞机。飞机的舱门一开，沈潮两眼就死死盯着从舱里走出来的人。他的打算是如果飞机上下来的特务认识自己，那就执行第二套方案：不出车门，待章顺下飞机时，把他当场击毙。但这毕竟有些冒险，所以他不到最紧要的关头，决不轻易这么干。

舱门打开了，从舱里钻出一个瘦高个，他两眼滴溜溜地朝四处张望了一下，当发现有一辆小车停在飞机前，就又缩回机舱里，一会儿又从舱里探出脑袋问："喂！请问这辆车子是不是……"

沈潮忙对司机说："告诉他，是接武汉来货的。"司机忙亮开嗓门告诉了瘦高个。

那个瘦高个没有吭声，用审视的目光看了看走下车的司机，又把头缩回了舱里。沈潮看这个家伙鬼鬼祟祟的样子，不由感到纳闷。

不一会，终于从机舱里走出两个特务。

沈潮一看，都不认识，就从车里走了出来："请两位把货运上车吧！"

瘦高个见沈潮气度不凡，就卑谦地问："您是——"

沈潮懂他的意思，从上衣口袋里掏出一张证件递了过去，瘦高个一看，是一张国民党中统特务机关的特别证件，就转手交给后面那个一脸横肉的特务。那个特务细细看了之后，双手把证件还给了沈潮，然后对瘦高个努了努嘴，瘦高个就转身上了舷梯，进了机舱。

很快，从机舱里钻出一个中等身材、体格结实的中年人，他用两只惊惧的眼睛迅速扫视了一下四周，然后才一步一步走下舷梯。

沈潮尽管从未与章顺见过面,但从他那练过武术的身段上,便一眼认准了。他用不冷不热的态度,握了一下章顺的手,说:"鄙人是中统局新任机要秘书欧阳亭,代表徐局长,迎接章先生,请。"说着,将手一摆。

章顺对两个押送他来的特务瞧了瞧,走进了小车的后座。沈潮见章顺进了车子,就对两个特务招呼说:"二位请稍等,局座派来的车子停在机场门口,请便吧!"

司机见沈潮关上车门,立即启动小车"呼"一声朝机场大门直冲而去。

就在沈潮的小轿车刚冲出机场大门后,突然有一群荷枪实弹的军警朝飞机场飞奔而来,接着,机场门岗也手忙脚乱地拉开巨大的铁栅栏大门。

这时,突然"轰隆隆"一阵响,一队摩托车和警车横冲直撞进了机场,他们来到那两个被搞得晕头转向的特务面前一看,立即大叫:"跑了!跑了!快追!"便掉转车头,朝沈潮那辆黑色轿车驰去的方向,急急追去。

这支摩托车队,是奉了徐心智的命令来追捕沈潮的。那么徐心智怎么这么快就知道沈潮的计划,紧跟着就追来了呢?

原来,武汉中统分局的特务头子,倒是个认真负责的角色。当押送章顺的飞机升入空中,他就命人向局本部又拍了份电报:"货已照指示送出,六时到,请接。"当时,由于机要报务室的值班员李飞飞被打死,等到重新叫来报务员接了电报、徐心智译出来电时,正巧是六点。这下可把他的眼珠子都快急得弹出来了,他虽然还不知道喽罗们抓到的是共产党什么大人物,但可以肯定是沈潮破译电报后回本部打死李飞飞、发报到武汉叫把人押来的,啊!那岂不是……于是,他一方面要报务员急电催武汉详细汇报具体情况,另一方面他从"六时到"这点上断定是飞机,因此,他紧急派出两批特务分头直扑江边机场和军用机场。并且又亲自打电话给两个机场的头头,命令立即派军警封锁机场,不准任何人离开。但是大大出乎这位多谋善断的局长大人的预料,就在他下达封锁令的时候,沈潮赢得了极为宝贵的三分钟时间,抢先冲出了机场!

沈潮见第一步成功,不由得轻轻嘘了口气,伸手从口袋里掏出一只精美的烟盒,打算美美地抽支烟。哪晓得,就在他拿烟的一刹那,头一抬,猛地从轿车的反光镜中,发现长龙似的摩托车队正风驰电掣般地追赶上来。啊,敌人追来了!一时间,他的脸色阴沉下来,脑子急速转开了,想着应对的办法。

再说章顺,他懂得共产党办事的厉害,一上车,心里就狐疑不安:为什么他们只来一个人接?为什么单独把自己带走?几乎在沈潮发现敌人的同时,他也从反光镜里看到摩托车队追来,知道情况不妙,但他装着什么事也没有似的闭起眼睛,运气用功,准备打沈潮个措手不及。

当章顺运足气,刚把眼睛微微睁开,沈潮手里已握着一把手枪:"章先生,请放明白些!"章顺一见那支硬邦邦的手枪,便装作认输的样子垂下了头。

警车和摩托车的"隆隆"声愈来愈近,沈潮眼里急出了火,恨不得一枪击毙章顺。但他没有扣扳机,他还想从叛徒嘴里得到更重要的东西。当汽车驶到树林茂密的山脚下时,他用手在司机的座位上敲了两下,司机"嘎"地把车刹住。沈潮迅速把章顺押下车,将他带入树丛深处。司机又驱车朝前飞速而去。

章顺见沈潮并没有立即处死他,也立即揣度到地下党将会怎样处置自己了。他表面上神色惧怕,暗中却在想着怎样凭自己的一身武功把沈潮打倒。突然,他身子轻捷地急转过来,一下打到沈潮持枪的右手腕上。沈潮虽有所防,但手枪仍被击脱,于是章顺旋风似的立刻把左脚伸在沈潮两腿之间,右手同时突发一拳,猛击沈潮当胸,沈潮当即被击倒在地。章顺露出一丝狞笑,想把沈潮打个半死不活,然后作为给敌方的晋见之礼。

只听"呼哧"一声,章顺像一只恶狼腾空向沈潮猛扑过去。沈潮躺在地上见章顺扑来,急忙把两腿缩向腹部,然后朝章顺的小肚子猛力一蹬,章顺惊叫一声倒栽下去。他跟着挺起身来连忙去拾枪,不料章顺几乎在同时一个"鲤鱼打挺"蹿起,抓了块锋利的石头,朝沈潮头上猛砸下来。

沈潮要躲,已来不及,他只得扣动扳机,"砰"章顺应声倒下,抽搐了几下死了。

然而,沈潮这无可奈何的一枪,却暴露了自己。那摩托车队刚飞驰过去,听到枪响,知道中了"金蝉脱壳计",连忙掉转车头回追过来。他们赶到转弯处的枪响地段,纷纷跳下车,上山搜索。

沈潮发现了追赶的敌人,他猫着腰,忍着伤痛,向前奔跑着。不料有两个狡猾的特务,并没随大队上山,而是兜过去躲在暗处,待沈潮一靠近,猛地一跃而起,两人同时举起了手枪……

两个特务抓住了沈潮好不欢喜,为了邀功领赏,他们也不跟正在附近搜索的特务联系,就把沈潮一铐,推进警车向市区疾驰。

落入魔掌的沈潮,已把自己的生死置之度外,但他这时感到揪心痛苦的是,自己还没有完成任务,在上海的党中央某机关领导不能及时得到报告,后果仍然十分严重!

急驶的警车在爬了一个长坡后,转了个弯。这时,四月的阳光透过铁栅,从警车后面的小窗口斜射进来。沈潮凭光线斜照的角度判断:已是早上七点左右了。一夜未合眼的沈潮圆睁着双眼紧张地思着:难道就这么完了?不!不能啊!党中央机关对章顺还一无所知呀!

这时,警车正开到一处关卡前,没人开栅栏,"嘎"司机只得一个急刹车停下。

一个特务骂道:"妈的,检查个鸟!"

一个当官模样的拦在路口喝道:"凡过往车辆,今天一律检查,快下车!"

两个特务火了,从车上跳下来,神气活现地叫道:"谁要查?瞎眼了,老子是中统局侦缉队的!"

"我们执行城防司令部命令,就得查!"

"哼,那就查吧!"特务拉开了警车的门。

然而,特务话音未落,七八支枪已点住了他们。

两个特务顿时傻眼了。

那个当官模样的上车和沈潮紧紧握手。

沈潮惊喜地发现,原来他是黄松。

刚才,黄松和同志们守候在青亚山接应,可迟迟不见沈潮他们到来,正担忧时,听到远处传来一声枪响,黄松猜测情况不妙,他当机立断,带着同志们来到离青亚山不远的草潭口,佯装设卡检查。

现在,载着沈潮和黄松一行的警车已驶近市区。

为了怕招人惹眼引起敌人怀疑,他们把车子停了下来。沈潮匆匆将自己装扮成一个中年商人,告辞了黄松,就往下关方向走去……

很快,党中央设在上海的某机关领导接到沈潮的紧急报告,连夜火速通知有关人员分头转移。

当夜,敌人凭章顺死前的部分口供,在全上海进行了一场大规模的搜捕,妄图一口吞掉我党中央机关。但是,沈潮的及时报告为整个中央机关的转移赢得了宝贵的时间,终于使党化险为夷。

(钱国盛　石铜龙　孙柔刚　编写)

越是出于意外，我们越是应该努力加强我们的防御，勇气是在磨炼中生长的。

密字303

花妹陷虎口

1945年春天的一天早晨，苏州郊外深山里，天昏昏，雾蒙蒙。忽然，从云雾迷漫的山洞中闪出一个人影，敏捷地三跳两跃，出了山道，上了大路，然后若无其事地朝城里走去。

这人是谁？他姓江，明里是苏州城里常春花鸟店的老板，其实是中共地下交通员。最近，新四军情报人员从日军内部搞到一份"密字303"密件，那是一张日军派往江北的秘密侦缉人员名单。因日方搜查很紧，新四军情报人员将这份密件藏在一只画眉鸟身上，转到江老板手里，由他利用花鸟店职业作掩护，转送到江北去。不料日方特务机关从破获的地下电台的密码中知道了这一情报，立即命令苏州日本特务机关小头目、外号叫"大阿姐"的女特务，追查"密字303"密件。

江老板听到风声,立刻把鸟笼转移,藏进了深山洞里。他回城刚走到店门口,只见店堂里被砸得一塌糊涂,花盆全被砸烂,鸟笼踩碎,几只画眉鸟的毛都被拔光了。江老板知道出事了,赶紧回身就跑,但是已被埋伏在暗处的特务发现了,两个特务一边打枪,一边紧追不放。

江老板被打伤了。他捂住鲜血渗出的胸口,穿过三条小巷,来到一座玻璃花房前,用尽全身力气,跌跌撞撞冲进花房,叫了一声:"花妹!"便瘫倒在地。

花妹是个十七八岁的姑娘,红扑扑的脸,黑闪闪的眼,因为她有个青梅竹马的心上人,叫"小白龙",是本地武工队长,天长日久,花妹也成了新四军的秘密交通员了。

这时,花妹正在花房里采花,突然听到几声枪声,她吃了一惊。接着听到有人叫她,赶紧奔过来,见一个满身是血的人倒在门口,她惊叫一声:"江大叔!你……"急忙把江老板扶了起来。

江老板胸前的血还在流着,他脸色惨白,喘着粗气对花妹说:"组、组织上转来了一份紧急情报,约定今天上午十点,江北联络员来虎丘接头……万一情况有变,明天下午三点去玄妙观三清殿露台……"江老板缓过一口气,又说了接头暗号和藏情报的地方。

花妹一一记住后,扶起江老板,想把他藏起来,可是特务的吆喝声已越来越近,来不及躲藏了。江老板一把推开花妹,踉踉跄跄冲出了花房,走了没多远,就扑倒在地,再也爬不起来。两个特务像急红了眼的疯狗,冲上前来,拉起江老板,一看已气绝身亡。他们在尸体上搜了一遍,一无所有,便眯着贼溜溜的眼睛,瞄了瞄一旁的花房,两人嘀咕一阵,转身回去报告了。

特务头目大阿姐听两个特务把经过一说,顿时丹凤眼一瞪,问:"那花房里可有个小姑娘?"特务点点头。大阿姐一阵冷笑:"哼,据我掌握的情报,这丫头叫花妹,是新四军的秘密交通员。

只要盯住她,就一定能找到那只画眉!"

于是,大阿姐亲自布置,张开了捕捉画眉的大网。花妹当然不知道敌人的阴谋,她按照江大叔牺牲前的叮嘱,等到九点半光景,就挎着一篮鲜花,来到了虎丘山正山门的集市上。这儿人群熙攘,各种小贩的兜售叫卖声响成一片,花妹穿行在人群中,一边吆喝着"阿要茉莉花——白兰花",一边眼睛向四处张望着。

突然,只听一阵"得得得"马蹄声响,一辆马车急驰而来,到了路口,马车嘎然停下,从车上跳下一个青年。只见他衣着考究,相貌堂堂,一副风流倜傥的样子。那些警察和小商贩一见此人,立刻一拥而上,警察为他开路让道,小贩对他拱手奉承:"沈大少爷,您可来了!"

此人名叫沈玉,是本地赫赫有名的大茶商沈老太爷的儿子,也是本地出名的花花公子。那沈玉一路走着,随手从口袋中抽出两叠钞票,甩给警察和小贩,引得众人你争我夺,乱作一团,他见了不由乐得哈哈笑开了。忽然,他的目光停在花行里坐着的一个端庄而秀丽的年轻女子身上,他像是来了兴趣,打了个手势,叫一个小贩送包瓜子给那女子。那女子顿时臊得满脸通红,沈玉见了,开心地朝那女子嘻嘻一笑。

这一切花妹全看在眼里,但她哪有心思看这花花公子调情取乐,又放开喉咙喊了声:"阿要栀子花——白兰花。"不料这一声却引起了沈玉的注意,他竟嬉皮笑脸地跟了过来。花妹心里吓得"怦怦"直跳,赶紧加快脚步直往山上跑。谁知那花花公子仍旧步步紧跟,追了一段,喊一声:"喂,买花!"花妹心慌意乱地回头一看,只见沈玉"哗"地打开了手中的折扇,不紧不慢地扇了起来。再一看,那扇面上题着一首唐诗:"去年今日此门中,人面桃花相映红。人面不知何处去?桃花依旧笑春风。"呀,那正是江大叔牺牲前说的接头暗号!难道这花花公子竟是联络员?花妹连忙立定,回转身来。那沈玉一边轻摇纸扇,一边一步三摇向花妹走来,走到花妹面前,突然"嚓啦"一声,合上折扇,嘻嘻一笑,说:"小娘儿,你这酒窝真勾魂,我就买你这朵野玫瑰!"说着,伸出手来,想拧花妹的脸。

花妹猛地一怔,一抬眼,发现一块太湖石后面,有个形迹可疑的人在探头探脑,她情知有变,便趁势装作恼怒的样子,用手拨掉了沈玉的手,转身就跑。

花妹一跑,突然响起了一个女人的叫喊声:"快,快追,别让她跑了!"这个女人,就是特务头目大阿姐。顷刻间,窜出一群特务,像猛虎扑羊,朝花妹追了过去。花妹拼命狂奔,刚踏上一条山路,冷不防从一旁窜出一个特务,花妹猛地把手中的花篮向他甩去。特务侧身避开,朝花妹扑来,花妹正要转身,不料背后又闪出一个特务,扬手朝她头上猛击一拳。花妹只觉得山摇树转,天翻地旋,昏倒在地。

特务们把花妹拉上车,押到大阿姐那里,等花妹苏醒过来,就动手审讯。但是,任凭皮鞭抽打,花妹就是死不开口,大阿姐气得"哇哇"直叫。她正准备施用大刑,突然旁边电话铃响了起来,大阿姐拎起话筒一听,顿时高兴得眉开眼笑,她放下话筒,暗道:"好,让他们来……"

谁 是 暗 中 人

当天深夜,黑云铺天,夜色沉沉。大阿姐家的后花园里,黑乎乎、阴沉沉的,简直辨不清亭台楼阁、小桥流水。

花园东南角有座假山,假山洞口有个特务,正打着手电警觉地守在那儿。花妹就被关在这假山洞里,这时她双手被反绑着,身上满是伤痕血迹,她从地上挣扎着站起身来,透过假山的小洞细缝向外张望着,盘算着脱身之计。

这时,远处有一条黑影,轻如山猿,快如猎鹰,越过高墙,几乎无声无息地潜进花园,东探西寻,很快摸到关押花妹的假山边。黑影拔出匕首,以迅雷不及掩耳之势,照准洞口那特务的后背心猛力刺去,特务一声未发便倒下死了。黑影敏捷地闪进洞里,花妹一看,那黑影竟是自己的心上人,武工队长小白龙。花妹又惊又喜:"白龙哥!"小白龙没有作声,急忙割断了花妹身上的绳索,扶着她走出洞口。这时,小白龙一转头,突然看见旁边一棵大树后面好像晃过一条黑影。小白龙猛一惊,连忙转身拉着花妹的手就跑。

这时,花园内突然有人叫喊起来:"人跑喽,抓住他们——"顿时喊声四起,枪声大作。

小白龙敏捷地拉着花妹翻过围墙,穿过田埂,逃到一条浅水河边,他背起花妹蹚水过了河,只见花妹的阿爸花九叔早就在那里等候着了。花九叔从小白龙背上接过花妹,背着直往花神庙走去。

这次救花妹的行动,做得秘密,行动顺利。花九叔见到女儿,十分欢喜,三个人很快来到花神庙后的湖滩上,上了一只预先准备好的船。花九叔已经和在花神庙里当和尚的花妹的表哥水生说好,让花妹在这里养伤。

花九叔安排好花妹,就去庙里找水生。等他走后,小白龙坐到花妹身旁,爱抚地掸去了她头发上的一根枯草,深情地说:"花妹,组织上这次交下的任务很重要呀,我们要不怕流血……"

"你放心,明天下午三点,我再到玄妙观三清殿露台,一定想法和江北来的同志接上头!"

小白龙不放心地问:"那江老板给你留下的东西呢?"

"藏在五丈崖石屋洞的古槐树洞里……"

花妹话音刚落,忽听湖滩上"嚓啦"一声响,好像是谁踩着了一块石子。小白龙急忙钻出船舱,见湖滩上站着一个黑影,他低沉而严厉地喝问一声:"谁?"

"阿弥陀佛,是我。"这人就是花妹的表哥水生。水生身穿僧衣,笑吟吟地跨上了船,说:"我给花妹送来点伤药,庙里不方便,只好让她住在这里了。"水生说着,递过一小瓶丸药,嘱咐了几句,便回庙去了。

小白龙望着水生远去的背影,心头冒起一团疑云:他的背影,怎么这么像刚才在大阿姐家树后的那个黑影,莫非他……小白龙把自己的怀疑告诉花妹。花妹摇摇头,她不相信自己的表哥会有不良之心,她埋怨小白龙疑神疑鬼。

花妹虽说受了皮肉之苦,但没伤筋骨,吃了水生给的丸药,一夜过去,伤势已大有好转。第二天下午两点过后,她化装成一个贵妇人模样,雇了一辆黄包车,来到玄妙观三清殿前的露台上,装作香客进观烧香。花妹点好香,磕罢头,假作看热闹,挤进露天书场,一边听先生说书,一边等候那个手摇接头暗号折扇的"花花公子"沈玉。

眼看到离约定的接头时间三点只差五分钟了,花妹开始在人堆中搜寻沈玉,却不见沈玉的影子。她心里焦急,担心沈玉出事,便离开露天书场,朝露台下看去。正在这时,只见从东门方向飞一般地奔来一匹枣红马,马上那个风流少爷,正是沈玉!

花妹见沈玉骑着马,沿着石子铺砌的镶花小道朝露台而来,就慢悠悠地迎上前去。沈玉跃马奔到露台口,"霍"地跳下马来,一把拉住花妹,另一只手一扬,手中的折扇"哗啦"打开,把写着那首唐诗的扇面朝花妹一展,压低喉咙急急说:"快告诉我,那只'画眉'在哪儿?"

"藏在五丈崖石屋洞的古槐树洞里。"

沈玉听了密件藏匿的地方,心头一松,立刻又摆出了花花公子的放荡样子,一把拖住花妹,嬉笑着说:"小酒窝,真勾魂,来呀,跟我回家去。"

花妹假作生气地挣开了手,拔脚就走。

沈玉一边嬉笑着，一边扬鞭催马直往郊外五丈崖奔去。到了五丈崖，见四处怪石林立，古树参天，只闻野鸟声，不见人踪迹，便放马来到石屋洞口，随即跳下马来，弯腰摸进洞去。

洞壁上的石钟乳奇形怪状，那一个个黑色的石影，好似一个个人伏着。沈玉划亮了火柴，点着一把干草，照着向前摸去。

猛然，脚下被什么东西一绊，身子一歪，差一点跌倒。他忙用火把一照，原来是棵凸出地面、满身斑疤的古槐。沈玉一见古槐，连忙将头伸进古槐树的洞内，定睛找寻。奇怪，沈玉寻遍树洞，却不见鸟笼的踪影。

沈玉心头狂跳，站起身来，举起火把四处一照，洞内再也没有第二棵古槐树。他急得眼睛要喷出火来，咬紧牙，抱着那棵古槐树连推带敲，还是不见那只鸟笼。沈玉失望地一声长叹，低下了头，猛地大吃一惊：古槐树边的泥地上，留着几根火柴梗子，还有一圈杂乱的脚印……

难 识 天 下 心

看到脚印，沈玉顿时明白：有人抢先一步，取走了"密字303"！他默默地立在石屋洞里，心情沉重，满腹疑团：难道花妹把藏鸟笼的地点泄漏给了别人？密件到底落在谁的手中？

沈玉急忙出了山洞，跃身上马，直下五丈崖，准备去寻花妹，问明内中曲折。正在这时，忽然看到大路上奔来一匹白马，骑在马上的是个女子。沈玉定睛一看，这女子原来是他在虎丘山集市上见到过的那个陌生女子。沈玉当时让小贩给她送瓜子，不过是以此作掩护，谁知真有好事者牵线做起媒来，说她姓方，是新近从上海来的，在此地茶花商会管账。这方小姐好像对沈玉也有点意思，今天路上相逢，她便含笑招呼。

沈玉见方小姐挎着一只装账册的皮包，便笑着说："密司方，你管账怎么管到这里来啦?"

方小姐娇嗔地瞪了他一眼:"沈大少爷,人家都说你是个多情公子,可你对我……"

"对你?我不也是一往情深吗?"

"别骗人,你有事瞒着我!我知道自己懂得少,可我也是中国人!如果你需要我帮助做点什么,我一定尽力而为!"

"太感谢了,我正需要你的帮助!"沈玉说着,把嘴凑到方小姐的耳朵边说,"今晚我在月宫饭店包了个房间,我们……"

方小姐顿时脸色一变:"哼,你把我当什么人了!"说着,恼怒地瞪了沈玉一眼,策马扬鞭,急驰而去。

沈玉见方小姐走了,便马不停蹄赶到花家,把情况告诉了花九叔,要他火速转告花妹,让她尽快来找自己,并说了接头的时间、地点。花九叔哪里敢耽搁,他即刻离家,直往花神庙奔去。

花妹这时已赶回船上,她一听父亲说沈玉没有取到鸟笼,顿时眼瞪直,脸变色,手颤抖,心冰凉。她心想:鸟笼所藏之处,我只告诉了白龙哥,难道他是……

花九叔离船回家不久,小白龙便上船来找花妹。小小船舱,两人相对,你看我,我看你,那气氛,真是闷得煞人!

小白龙好像刚从什么洞里钻出来,他拍了拍身上的灰尘,问:"江老板留下的东西,究竟藏在哪里?"

花妹的脸色冷如冰霜:"你先回答我,刚才到哪里去了?"

"五丈崖石屋洞,不过白跑了一趟。花妹,你要说实话,鸟笼到底放在哪里?"

"还有呢?"

"你跟江北方面联络员接头的暗号是什么?"

"还有呢?"

"最好还是由你来配合我……"

刹时间,花妹什么都明白了,和自己朝夕相处、心心相印的心上人,竟是这么一条长着毒齿的五步蛇!想到这里,花妹只觉得眼前一片漆黑,身子一软,跌倒在船舱里。小白龙慌忙上前,扶起花妹,喊着:"花妹,你醒醒,醒醒……"

说句良心话,小白龙倒也实实在在爱着花妹。也因为这个"爱"字,才使他身落泥坑,不能自拔:前不久,小白龙偶然之中被大阿姐手下的特务抓住,面对寒光闪闪的铡刀,想着和花妹的情分,小白龙哪里甘心死于铡刀之下!又听大阿姐威胁要去抓花妹,就不辨善恶曲直,甘愿卖身投靠。这次,敌人为了追获"密字303",便指使小白龙,叫他去营救花妹,趁机从花妹嘴里套出鸟笼的下落。刚才,小白龙去五丈崖石屋洞,谁知扑了个空,他气急败坏,决意来个破釜沉舟,撬开花妹的嘴巴。

小白龙一声声呼唤,终于叫醒了花妹。花妹见自己躺在小白龙怀里,感到一阵恶心。她拼命挣扎着站起来,咬牙切齿地一阵痛骂:"你这个叛徒、汉奸,我瞎了眼,没看透你……"她哭骂着,突然操起身旁一块破船板,用尽全身力气向小白龙砸去。小白龙躲避不及,额上被砸出一道血口,趁这当口,花妹"霍"地跳下了船。

花妹还没跑出几步,小白龙已经追了上来,伸手一把扭住了花妹。他瞪着急红了的眼,用匕首割断一截缆绳,将花妹捆绑在湖边一棵树上。

这时,小白龙又换了一副面孔,长叹一声说:"花妹,只要你交出情报,皇军就会放过我们,我们搬到一个清静的地方去,开一爿店,我种花,你卖花……"

"呸!你这样的人,也配种花?"

两人的吵骂声,惊动了旁边花神庙里的水生。水生见此情景,冲上去和小白龙扭作一团。

正在难解难分之时,忽听一阵马蹄声,只见方小姐从湖边飞马奔来。她来到两人面前,从肩头拿下那只放账册的皮包,喝了一声："住手!"

小白龙此刻正把水生压在身下,听见呵斥声,扬起头,瞪了方小姐一眼,骂着:"你这婊子,老子用得着你来教训?"

"你不要欺人太甚!"

"娘的,老子今天就要欺欺你!"小白龙叫着,放下水生,向方小姐扑来。谁知还没扑到方小姐身边,突然小白龙惊叫一声,吓得连连后退。他做梦也没有想到,方小姐竟从装账册的皮包里抽出一支手枪,黑洞洞的枪口,正对着自己!

方小姐举起枪,口气严厉地说:"我代表中国人民,判处你这叛徒死刑!"话音刚落,两声枪响,小白龙扑身倒地,手脚抽搐了一阵,就断气了。

眼前发生的一切,使水生和花妹惊奇得连话都说不出来。

方小姐跳下马,为花妹松了绑,转身对水生说:"我不得不批评你,国难当头,你却削发为僧,脱离革命,当逃兵,你像一个革命者吗?"她停了停,走到花妹面前,责怪道:"你,重任在肩,却只顾儿女私情,把党的机密泄露给这个叛徒!"

花妹绝望地哭叫着:"我真该死,现在,鸟笼……情报在哪里呢?"

方小姐冷静地说:"你再好好想想,除了小白龙,你还和谁说了?"

"没有。"

"你在告诉小白龙时,旁边还有人吗?"

花妹被方小姐这么一提,猛然想起那天正在说给小白龙听时,正逢水生送药上船。想到这里,花妹不由望了水生一眼。

方小姐察颜观色,早已明白,便问:"水生,看来大概是你最清楚了!"

水生点点头,说:"那鸟笼,是我拿走的。当时我见花妹在小白龙面前走漏了风声,为防意外,我就把鸟笼转移了。"

这话一说,不要说花妹一身轻松,就是方小姐也是一脸喜色:"好,幸亏你及时转移,保住了机密。现在,江北首长正等着,你们快把鸟笼交给我吧!"

水生又点了点头,转身跑进花神庙,一会儿便拎了个鸟笼,急步赶来。

方小姐接过鸟笼,揭开笼罩,只见里边一只画眉在蹦跳欢叫。她喜滋滋地把鸟笼挂在马鞍上,和两人握手告别,然后翻身上马,双脚一夹马肚子,那马一声长嘶,撒腿驰去。

方小姐一路上马不停蹄,到了城里,走了一段路,忽然拨转马头,拐进一条狭长砖街,转眼走进了一幢黑漆大门的花园楼房。

大义泣鬼神

真是"河水可量,人心难测",这幢花园楼房,竟是大阿姐的家。方小姐闯进花厅,见大阿姐正等着,便得意洋洋地举起鸟笼,浪声一笑:"看!"

大阿姐立时笑眯了眼,站起身来,拎过鸟笼,打开笼门,抓住那鸟,伸出手指,在鸟的羽毛间搜寻着。但是,寻来寻去,却寻不到任何东西。

方小姐简直不相信自己的眼睛,抢上一步,眼露凶光,将那画眉的羽毛一根根拔去,直到那只画眉成了光秃秃的赤膊鸟,还是一无所获。

大阿姐气得发了疯,她瞪起发红的丹凤眼,骂了一声:"又上当了,废物!"随即一声喝令:"来人,给我包围花神庙,把花妹和那和尚抓起来!"

大阿姐这命令,又是"抬走棺材才放铳——迟了几步"。刚才方小姐拿了鸟笼离开后,水生马上领着花妹跨进花神庙,从一棵枯树桩的活动暗门钻入夹墙弄,走进了一个隐蔽的地窖。这地窖还是当年庙里的老和尚为防盗匪暗暗挖下的,外人谁都不知道。

花妹走进地窖,借着油灯光,忽然看见墙角边也挂着一只鸟笼,笼中一只画眉正在活蹦欢跳,她疑惑地问:"怎么,这里也有一只?"

水生微微一笑:"刚才那只是假的。"

原来,水生是见世道昏暗才削发为僧的。但佛门虽净,哪里避得了人间的刀光血影!他冷眼看到小白龙和大阿姐的人秘密来往,便暗中提防。昨天夜里,小白龙潜入大阿姐家的花园营救花妹,他觉得有些蹊跷,一直暗中尾随着。后来,花妹一时不慎,将藏密件的地点告诉了小白龙,水生为防不测,抢先一步取回鸟笼,密藏在地窖里。

花妹听了这番内情,又奇怪地问:"那你怎么知道这个方小姐不是好人?"

"这方小姐我认识她,是大阿姐的妹妹,从小在上海一家日本人办的学校读书,刚回来不久。"

"喔。"

"还有,她说我'脱离革命,当逃兵',其实我只是个普通的老百姓,她不是自己说露了马脚?"

花妹听了,又是感激,又是惭愧,正想说什么,忽听外面人声喧哗,像天塌地陷一般。两人钻出夹墙弄,从枯树桩的暗门中探头一看,只见一群特务手执火把,凶神恶煞般的正到处点火,花神庙顷刻间成了一片火海。

水生又气又恨,他回头叮嘱花妹快回地窖,自己却不顾一切冲出来救火。谁知刚奔到庙廊边,就遇见了正在指挥特务放火的大阿姐。水生厉声责问:"庙堂圣地,你们为何这般造孽!"

大阿姐抽出手枪,逼着水生:"我正要找你,说,花妹在哪里?

鸟笼在哪里?"

水生淡淡一笑:"我只知敬花神,从不问什么花妹、花弟!"

"哼,我知道你这和尚不是吃素的,可我大阿姐也是吃荤的!"说着就指挥特务们来捉水生。水生吼叫着:"我和你们拼了!"就朝大阿姐扑去。大阿姐惊得一扬手枪,"砰"一声,子弹正中水生胸口。水生倔强地挣扎着,想站稳脚跟,但终于倒地死去。

花妹正伏在枯树桩的暗门中,看着这一番惨景,她真想冲出去,但转念想到那只藏着密件的画眉,只得忍下天大的仇恨,默默地回到地窖里。

一直到黄昏时分,花神庙已烧成废墟,特务们也已回城了,花妹看着那只正在笼中"喳喳"鸣叫的画眉鸟,想到沈玉正望眼欲穿地等着这份"密字303",她默默地出了一会神,而后解开头上的辫子,让头发披散开来,遮住了自己的面孔,她从暗门中出来,想离开地窖,把"密字303"交给沈玉。谁知没走多远,她发现左右前后路口都布满了特务,墙上都贴着通缉自己的大相片。对走出封锁区的女人,盘查得特别严格。目睹这番情景,花妹知道自己是插翅难飞了。

几天以后的一个早晨,苏州城的吴苑茶馆里,茶客们三五成群地围坐一起,正在窃窃私语:"这么大的庙,烧成一片白地,这下触犯了花神菩萨,可要灾祸临头了!"

"听说人死了不少,就是那个卖花的丫头下落不明!"

"嘻嘻,说不定是花神菩萨见她生得漂亮,让她上天管花了!"

茶客们说话之间,忽见进来一个男子,只见他头戴鸭舌帽,身穿灰长衫,一副黑眼镜,脸上满是一点点黑色的斑疤。他走进店堂,坐到一张茶桌边,取出一本《唐诗》摊在桌上。

一个堂倌提着水壶,吆喝着走来,看了看摊开的那本《唐诗》,低声说:"请上楼!"随即引着那人登上二楼,掀开一间内室的门帘,把他让进室内。

室内坐着的正是沈玉。他见来者是个陌生人,便手持折扇,迎了上来,打量一番,问:"你是……"

"我……我……"

沈玉一听声音,惊得浑身的血都凝住了,张大着嘴巴,久久说不出话来。

那人摘下眼镜,嘴唇一阵颤抖,两滴眼泪簌簌滚下,泣不成声地念着:"去年……今日……此……门中——"

"啊!你……你、你……"沈玉上前握住了那人的手,"人面……桃花……相映红……人面不知何处去……"他再也说不下去,眼泪一滴一滴落在手中打开了的折扇上。突然,他痛苦地轻轻一声呼唤:"花妹——"

一点不错,此人正是花妹!那么花妹为何变成这般容貌呢?

原来,花妹见敌人死死守住路口,知道难以脱身。晚上,她一边在炒菜,一边想着惨死的水生表哥,无意之中一滴泪水掉进了油里,爆起一串油花,把她的手烫了个泡。

花妹顿时眼睛一亮,她想起那天说书艺人讲的清朝义士张汶祥毁掉自己面容、为民除害的故事。花妹牙一咬,断然把碗中的冷水倒入滚油锅里,随即紧闭双目,将脸伏在油锅之上……就这样,毁容破相,乔装改扮,顺利地闯过了布满特务的封锁关口。

沈玉听完花妹的诉说,真是心碎肠断。他藏好花妹给他的"密字303"密件,双手紧紧抚摩着花妹的肩膀,哽声道:"花妹!你受苦了!"

……

（吕　钟　改编）

胆大心细——这是一切危险然而
又是伟大事业所不可或缺的伴侣。

雾女山迷雾

误入雾女山

1945年初夏的一天清晨,大雾笼罩着号称三万六千顷的云湖。那雾又浓又厚,像破棉絮一般在翻滚着,使人看不到山光水色,辨不清东南西北。清凉的晨风虽是微微吹拂,可湖水却在波澜起伏,浪峰滚滚。

此刻,在这迷雾沉沉、波浪滚滚的云湖中,有个青年正不辨方向地在拼命泅水。

这位青年叫崔晨,是新四军云湖游击队的侦察科长,因叛徒告密被汉奸特工队捕获,押上船后,他趁机跳进湖里。亏得这场迷雾,才使他免遭当场被打死的厄运。

可是,浩淼云湖无边无际,崔晨已迷失了方向,只顾往前游着,游着,时间一长,他渐渐地觉得两腿愈来愈重,呼吸也短促起来,速度明显地慢下来。忽然,他看到了东方那隐在雾霭里的太阳。他的心猛地一沉:呀! 我怎么向湖心游了? 该死的风,怎么从东北转成了东南? 他想掉头再往回游,可是已没有了力气。他盼望着附近能出现湖岛,这样便可稍事休息,可眼前依然大雾茫茫一片。

幸好这时太阳出来了,放射出千万道利剑似的光芒,很快驱散了迷雾。崔晨看到左前方隐约现出一抹淡淡的、黛色的云影,那一定是岛! 他心里一喜,于是用出了所有力气,向湖岛游去。

他终于像落汤鸡似的爬上芦苇滩。他挺直了身体,一边高一脚、低一脚地走着,一边辨别这是什么岛。突然,耳边传来粗野的吆喝声:"哒,你是哪路神仙?"

崔晨心里一惊:哟,遇上了强盗! 他下意识地把手往腰里伸去,可是枪已被对方搜去了。他略一思索,镇静地立定了。他想:如果是落草的小喽罗,凭自己的功夫,可以毫不费力地把枪夺回来,说不定还能夺到一条船,那正好回岸上哩。

然而,随着"沓沓沓"的脚步声,他很快看清,走来一胖、一瘦两个提着步枪的强盗。在他们后面,又慢慢踱过来一个俊小伙子,手里握着手枪,看样子是个头目。敌众我寡,怎么办? 怎么办? 崔晨脑子在飞转着,很快生出一个大胆的主意。

他主动向两个强盗走去,在他们跟前立定。他这镇定自若的神态,倒把两个强盗镇住了。他们回头望望年轻的头目,头目向他们努了努嘴,于是两个强盗放下枪,那粗胖子从裤腰里解下绳子,矮瘦子从口袋里拉出黑布,一左一右过来准备绑扎。

崔晨见他们贴上来,猛地使个左右分拳,凭着武术世家子弟的功夫,顷刻把两个强盗打了个倒栽葱。接着他又扑到地上,使出从外国巡捕那里学来的专门对付快枪的花滚,忽左忽右,飞快地朝年轻头目逼去。

那头目果然不识这花滚的奥秘,只是站在原处"砰砰"开枪。说时迟、那时快,眨眼工夫,崔晨已滚到头目脚下,两手抱住他的脚,再头一顶,"扑通"一声,年轻头目就跌了个仰面朝天。

　　崔晨不敢夺枪,连蹿带奔跳上小船,一篙子把它撑开了。可是,他回头看那三个强盗,只见他们爬起来,既不打枪,也不呼喊,只是冲着他哈哈狂笑。这下倒把崔晨笑懵了:难道强盗发善心了?哼,不去管它。于是,他用力一篙接一篙,朝前撑去。

　　芦苇荡里的河汊都是天然形成的,有宽有窄,弯弯曲曲,活像龟背上的纹路。崔晨是在云湖边上长大的,他熟练地撑着船东转西拐,飞速向前。撑着撑着,他忽然心里一惊:船竟回到了老地方,三支黑洞洞的枪口正对着他呢!

　　年轻头目把枪朝崔晨点点,露出一口白牙,得意地说:"没本领逃走吧?嘿,进了雾女山,你就别想自个儿出去!"

　　一听是雾女山,崔晨心里一惊。

　　原来,盘踞在雾女山的强盗在云湖滩是有名的。强盗头子叫鲁和尚,十分勇猛,他网罗了一群亡命之徒,占山为王,割水为界,对日本鬼子、国民党和新四军游击队都不买账,谁敢闯进去,就有去无回。他们奉行的是格杀勿论的政策,谁要落入他们掌中,休想逃出魔爪!眼下崔晨面对子弹都上了膛的枪口和虎视眈眈的三个强盗,只得老老实实上岸,一边慢慢跨着步子,一边想着脱身之策。

　　那年轻头目为提防崔晨又来刚才那一套,把枪往腰里一插,走前几步,一抬手,"呼"一声一根打着活结的绳头飞了过来,稳稳地套住了崔晨的头颈。崔晨懂得活结的厉害,他动也不敢动一下,听凭束手就缚。

　　三个强盗顺顺当当地把崔晨绑牢,又用黑布给他蒙上眼睛,连推带搡把他押回寨去邀功。

　　崔晨听说鲁和尚喜欢吃活人心,他想:我身强力壮,或许很快会被他视作下酒佳肴了。他看不见山路景色,只得凭感觉,知道先上山,再下山,后又上山、下山,接着踏上平坦的石级,跨过门槛,再踏石级,再跨过门槛……最后被命令站住。

当脸上的蒙布被解开后，崔晨急不可待地睁开眼睛，往前望去，只见宽敞的、被撤去佛像的大雄宝殿里，正中高高的虎皮交椅上坐着一个大约四十开外的强盗，他西瓜似的光头，两道又黑又粗的板刷眉毛，塌塌的鼻子，阔阔的嘴巴，钢针似的胡茬，一脸横肉，身材魁梧，敞开的纺绸衬衫里露出一撮心窝毛。不用问，他就是自封雾女山游击大队司令的鲁和尚。他旁边，摆着两只略低一点的虎皮交椅。右首，坐着抓他的那个年轻强盗，两只眼睛正冲着崔晨捉摸不定地转动着；左首，坐的是个三十岁左右年纪的女人，她身穿黑旗袍，瓜子脸有点苍白，模样也算秀丽，可藏在乌黑眉毛下的两只眼睛里射出的目光，却冰冷刺人，她看上去就像一座铁铸的雕像，让人见了不寒而栗。

崔晨心里正在拿谱，正中虎皮椅里传过来老板鸭似的喝问："哪里来的条子？"

崔晨过去在侦察云湖悍匪李大麻子一伙时曾研究过强盗的常用黑话，他立即根据已编造好的身份回答："吃明火钱的。"

"在哪个山头？"

"我是李司令的徒弟。"

"什么万儿？"

"刘一鹏。"

这刘一鹏是我军歼灭李大麻子队伍时侥幸漏网的小头目，前几天拦路强奸妇女时被崔晨撞上，给镇压了。崔晨想：冒他的名头既不会露馅，或许因为鱼恋鱼，虾恋虾，乌龟恋王八，这强盗头子能放我一命。

谁知他的话音才落，鲁和尚就把手一挥，吼道："拉出去放天灯！"

"放天灯"是把人拉到桅杆上吊死。想不到报了个强盗的名字还会落得如此下场，崔晨一时急得额角上汗都沁了出来。他正想再报出自己的真姓实名，不做冤死鬼，只见那个年轻的头目凑过头,和鲁和尚咬了一会耳朵。鲁和尚听着,两只牛眼睛朝天眨了几眨,把手摆摆,两个小强盗马上立定脚。

崔晨心里升起一线希望。突然,崔晨看到左首那个穿黑旗袍的女人狠狠瞪了他一眼,也把头凑过去,在鲁和尚耳边"叽哩咕噜"了几声。鲁和尚这时又射出杀气腾腾的目光,朝小强盗吆喝:"快拉出去!"

崔晨看出鲁和尚身边有那么一个阴毒的妲己,他心想:如果说出自己是新四军战士,也许死得更快,但就这么不明不白死在这里,也太冤枉了。他急中生智,挺起胸大声说:"要杀要剐随你们的便,但我已经被日本人追了半夜,总不能当饿死鬼!"

鲁和尚一听,挥挥手说:"拉他到厨房里,让他吃个饱,做个饱鬼!"

"是!"一胖一瘦两个强盗应了一声,一人抓着崔晨一只膀子,将他推了出去。出了大雄宝殿,走过一段路,崔晨瞧准没有第三人时,猛一运气,崩断麻绳就跑。那两个强盗已领略过崔晨的厉害,他俩不敢追赶,只是一边鼠窜奔跑,一边大声呼喊。

崔晨趁机迅速地朝山上跑。

山 洞 救 女 郎

强盗们纷纷出来,崔晨在一群土匪"抓活的、抓活的"吆喝追捕声中,拼命跑上山顶,匆匆放目一看,见东南西北各有一座低矮的小山保卫着主峰,北山不能去,南山、东山之外是辽阔的水面,也无法逃生,他只得匆匆往西山奔去。他见西山顶上还圈着围墙,猜想那儿说不定住有老百姓,那样就更有生机。他登上西山顶,蹿上围墙,谁知用力太猛,把砖头抓了下来,身子也随着落在墙脚边的松泥上,脚一沾地就直往下坠。他连忙抓住一根藤蔓,结果却意外地落入一个布满碧绿藤蔓的山洞中。

崔晨像只猪獾蹲伏在山洞里,忍受着山坡上热烘烘的潮气蒸烤和无数不知名的小飞虫叮咬,从藤蔓的空隙中耐心地看着太阳慢慢地从东往西移去。他已经一天粒米未进,又经受了那样的剧烈奔逃,肚子早唱开了"空城计",他忍受着,把皮带束紧一节又一节,只巴望太阳早点落山,等到天一黑,他便可以凭他侦察员的机智,武术世家子弟的勇武,摸下山抓一个小匪,夺一条小船,逼着小匪引路,逃出雾女山。

太阳愈来愈大,愈来愈红,渐渐向云湖水面坠落,他心里的危险感也一分分地减退。他估计强盗再也不会来搜山了,于是便合上眼睛,打算小憩一会。他刚似睡非睡,蒙蒙眬眬间,忽然传来一声惨叫:"啊,毒蛇!"这声惨叫,把崔晨惊得急忙睁开眼睛,拨开藤蔓往外一看,只见一个身穿游泳衣裤的姑娘从围墙那边冲出来,才走了几步,就一跤跌了下去。

啊,她被毒蛇咬了。为了救人,崔晨不顾一切钻出山洞,迅速攀上山顶,见那姑娘已经昏迷过去,左胳膊上正流着墨汁似的污血。崔晨少年学艺走江湖时曾拜过蛇医为师,懂得治疗蛇咬伤的法儿,他连忙拉起衣襟,撕下一块,扎紧姑娘胳膊上部,然后抓起胳膊俯身去吮毒血。他忍受难闻的腥臭和自身危险,把毒汁一口口吸出来吐掉,然后又去山上采来草药,揉碎了敷在她的伤口上。

这时那姑娘醒了,她看见一个陌生男子在边上,惊慌地坐了起来。

崔晨马上说:"姑娘,你刚才遭到毒蛇咬了,是我救活了你……"他忽然说不下去了——呀,这姑娘好面熟呀?

姑娘看崔晨盯着她,脸上一红,一愣,忽然"嘻嘻嘻"笑了:"怎么,不认识了? 我就是早上抓你的人呀!"

原来她是女扮男装。崔晨马上闪出一个念头:趁她眼下手无寸铁,打死她,逃走! 但他朝四下看时,却发现土匪已奔过来了。

这时,姑娘似乎看出了崔晨的心思,笑朗朗地说:"放心吧,草莽英雄,你救了姑奶奶一命,姑奶奶一定报你的恩。"

"怎么报恩?"

"起码不杀你。告诉你,我是鲁司令的侄女,叫鲁秀娟。你救了我的命,就可以抵他们对你的仇恨。"

崔晨说:"我们李司令的人马过去和你们各走各的路,有什么仇恨呢?"

"仇恨大着呢。"她笑哈哈地瞟了他一眼,"不过,你请放心,和我不搭界。"

崔晨又说:"开头鲁司令杀我时,你曾悄悄为我求情吧?"

"你还真聪明,"她飞了他一个媚眼,又说,"可枕边风更厉害。"

"喔,左首坐的是司令太太?"

"当然。"

"她为什么这样恨我?"

"嘻嘻,你去问她自己吧!"

崔晨想:这个女强盗还真厉害,一点不肯露底,我既无法知道那宿怨,也无法采取缓冲之策。他一转念,摊开两手说:"早上你都没办法救我,现在还不是一样? 你就偷偷把我送走吧,我一辈子记着你姑奶奶的恩德。"

"不行,"她摇摇头,"没有我叔叔的路牌,连我也不能出山。不过你放心,我叔叔绝非知恩不报的人。"

这时,土匪们已冲了过来,鲁秀娟把他们喝住了。鲁秀娟到旁边一个小屋里换下泳衣,然后就带着崔晨和土匪们往山寨走去。

一路上,几个匪徒走在前,几个匪徒走在后,崔晨和鲁秀娟走在中间。走着走着,鲁秀娟忍不住多情地对崔晨说:"你真勇敢,就留在雾女山吧!"

"你叔叔要我吗?"

鲁秀娟不响了。

崔晨悄悄看了鲁秀娟一眼,发觉她好像有心事。崔晨想:难道她真喜欢上我了?因为崔晨从小听够了别人对他的评价,说他够得上一个美男子。以往当他化装成阔少爷出入跳舞厅时,总能牵动闲得发慌的太太、小姐的情肠。

果真,这回鲁和尚没杀崔晨。有怨报怨,有恩报恩,绿林中人大都信奉这一条。鲁和尚只是恶狠狠地对崔晨说:"看在救我侄女的面上,过去的事就免了,你滚出去吧!"黑旗袍女人这次倒没有再扇阴风,只是仇犹未尽地瞪了崔晨一眼。

崔晨由鲁秀娟安排,吃了一顿饱饭。饭后,趁着月光皎洁、风轻云淡,鲁秀娟亲自送崔晨来到北滩,上了一条两头尖尖的划子船,由一个老强盗划桨,崔晨和鲁秀娟上船进了船舱。

划子船游龙似的在河汊里飞驶,芦荡夜色很美,泛出一大片迷迷茫茫的银光,被惊动的水鸟、鲤鱼在小船前后惊飞跳跃,更给夜色平添了一层神秘色彩。崔晨无心欣赏夜景,睁着两只眼睛留神着船头所向,只见划子船一忽儿钻进这条港,一忽儿扭进那条汊,就像水蛇在草里游。别说人,即使记忆力极强的狗,也记不住这些横七竖八的水路。崔晨发觉鲁秀娟一双闪亮的眼睛一直在注视着他,他收回目光,正想与她搭讪,她却笑哈哈地说:"你如果能记住这条水路,我甘愿……"

他隐约看见她脸上堆起红晕,不好意思地低下了头。人非草木,孰能无情?尤其是在这样的环境。崔晨努力克制着说:"你这个人真不错,肯来送我。"

鲁秀娟轻声说:"这还不应该?你多有本领,不仅会打那样的滚,还会治蛇毒。"

"这算什么!主要还是你自己的身体底子好。"

"你真会夸奖人呢。"鲁秀娟说着,把眼睛朝崔晨一瞄。

崔晨心里一跳,说:"这是真话。一个姑娘家被毒蛇咬了,治疗了几分钟,就像没事人,我还是第一次碰到。你一定也练武吧？"

鲁秀娟不好意思地一笑，说："也会打几路拳，但不能和你比……"说着，她愣神想了想，回转头命令老强盗："你上芦墩去，我来划。"

老强盗遵命，把桨给鲁秀娟后，上芦墩去了。

鲁秀娟跨到船艄上，熟练地划着船。沉默了一会。她忽然抬起头，真挚地对崔晨说："你带我走吧。"

"带你走？"

"是呀！"

"带你到哪里去？我一个人闯荡江湖多辛苦，能有你们在雾女山舒服吗？"

"嘿嘿嘿，"鲁秀娟娇嗔一笑，"你多会哄人呀。你骗得了我叔叔，却瞒不过我的眼睛。你一上岸，我就估计你是新四军云湖游击队的人！"

崔晨心里一惊，嘴上连忙说："误会了，误会了。"

"你这样不相信我？"鲁秀娟伤心地低下头，桨也不划了，满腔哀怨地说，"难道只有你们新四军是好人，当强盗的个个都坏？告诉你吧，我爹、我娘都是被日本鬼子杀死的。我本来在城里念书，只因为有个大汉奸想霸占我，没奈何，只得投靠叔叔。难道你就忍心看我沦落，不能带领我走一条光明的大道？"

听了这话，崔晨胸口涌起一股热血——她原来是个受苦受难的姑娘啊！可是几年来刀光剑影中的对敌斗争经验，使他的理智战胜了感情。他压下胸口的热血，严肃地说："鲁小姐，我真的不是新四军，与他们也不对劲。我劝你，还是老老实实待在雾女山，真要出去，今后总有机会。"

"谢谢。"鲁秀娟眼睛里掠过一丝失望，低下头默默地划船。

两个人再没说话，默默地出了芦荡。鲁秀娟不再送崔晨，把他交给了游弋在云湖水面上的一条强盗船。两人互相点点头，就算告别。

这时湖面上升起了白茫茫的矮脚雾,融入皎洁的月光之中。看得出,第二天准又有浓重的大雾。

此刻,崔晨心中也笼罩着层层迷雾:黑旗袍女子究竟属于哪种人? 刘一鹏与鲁和尚夫妇是什么仇恨? 还有她,刚分手的鲁秀娟,她真的想去当新四军吗?

身陷死囚笼

崔晨从雾女山侥幸地活着回到游击队,但他对这些谜一直未能解开。这期间,日本鬼子即将战败,而躲在峨嵋山上的老蒋准备下山摘桃子了。据可靠情报,盘踞在云湖地区的国民党军队打算对雾女山鲁和尚的队伍实行收编,企图让这支一直持中立态度的队伍把枪口对准新四军。党要求云湖游击队去争取鲁和尚,实在不行,就消灭他们。于是,组织上便派崔晨二次进山,配合我军收编或进攻。

崔晨领受任务后,便搜集、研究有关情况,初步知道鲁和尚原是拳师,因犯了人命案才落草为寇。他这支队伍有两百多人,分五个小队,他自封司令,还封老婆为副司令,侄女为参谋长,有一些现代化武器,也有土枪、土炮之类。他的队伍成员十分复杂,他那个老婆和侄女鲁秀娟,都是不久前才上山的。尤其他那个老婆,更是个谁也不知底细的神秘人物。

崔晨暗暗在想:这伙强盗都是些杀人不眨眼的家伙,我只身进入魔窟,本来危险就很大,加上心里原有的那些问号都没有解决,而且刘一鹏与鲁和尚夫妇还有私仇……怎么才能使鲁和尚收留我呢! 为此,他日夜坐立不安地在苦苦思索。

正当崔晨一筹莫展之时,组织上向他提供了一个新情报,使他喜出望外。

原来前几天,附近城里的日本鬼子把抢掠到的一批古董宝物运往他们日本途中,被鲁和尚拦截下来,日本人既恨又急,但因雾女山山险水恶,硬攻不进,他们打算把鲁和尚引出来抓获,逼他交出宝物。鲁和尚有爱看京戏的嗜好,特别喜欢看关于鲁智深的戏,日本人掌握这情况,便指使城里的戏院老板重金聘请一个有名气的京戏班子来演《野猪林》,安下钩丝布下网,只等鲁和尚落入圈套。鲁和尚听到有好戏看,果然中计,他派小强盗到他设的眼线"招商客栈",让老板买好票,准备第二天只身前往。崔晨根据组织指示,决定赶到招商客栈,把这一重要情报告诉鲁和尚。有了这个救命之恩,他一定会收崔晨为心腹。

这天傍晚,崔晨化装成商人模样,踏着古城那鱼鳞似的石子路,警惕地往招商客栈走去。走过一段路之后,他找一个地方化装成走江湖、卖拳头的样子,快步向客栈赶去。才走了没几步,只见一辆三轮车擦肩而过,他一看车上坐着一个阔绰的绅士,立即认出是鲁和尚,刚想喊,那车子已飞快地去远了,他只得追随着直接往戏院赶。

崔晨赶到戏院,花了高几倍的价钱搞到戏票,进了场子。他装着寻找位置,目光溜过一排排观众,终于在三排中座的位子上看见了鲁和尚,正巧他旁边有一只空位置。崔晨用目光朝四面一扫,才装模作样看着座位排号挤身进去,坐到他边上,掏出香烟,又假装忘了带火柴,趁向他借火当口,低声说:"鲁司令,你还认识我吗? 鬼子很快会来抓你,快逃吧!"

"唔?"鲁和尚牛眼睛一抬,仔细盯了崔晨一眼,瓮声瓮气说,"是你!"

崔晨见他不把自己的话当一回事,就把知道的统统告诉了他,他眨着大眼睛,似乎还不完全相信。

这时,那只空座位的观众来了,崔晨只得道声歉,又给鲁和尚使了个眼色,然后才回到自己的坐位上去。

崔晨一边在位子上坐了下来，一边焦急地注视着鲁和尚的举动，只见他两眼朝天，大口大口吸完一支烟，把烟头往脚下一丢，下决心站了起来。崔晨松了口气，可马上心又一紧，他已发觉有个不三不四的人走到鲁和尚面前，死死盯了他一眼，立即转身快步向出口处走去，接着门外响起了警笛急叫声。

鲁和尚知道情况不妙，他先想冲出去，见出口处站满了鬼子、汉奸，他眼睛环场一扫，竟朝崔晨大步走来。

崔晨见他走来，赶紧低下头。可是，这个莽撞的家伙却没领会崔晨低头的意思，依然走过来，轻声说："朋友，我走不出去了，麻烦你上一趟山。这是凭证。"说着，他解下了无名指上的钻石戒指。

就在这时，荷枪实弹的鬼子和汉奸已奔了过来，观众们一见，全吓得纷纷往场外挤，顿时呼爹喊娘，乱成一锅粥。

"逃不走了！"鲁和尚叹口长气，朝观众们说："各位父老乡亲，本司令今天自认倒霉，决不连累大家。这些东西你们图个痛快吧！"他把金戒指、手表、钞票一样样丢掉。

崔晨想乘隙溜走，然而几支枪口已对准了他。他被认作鲁和尚的同伙啦！崔晨灵机一动，索性以绿林好汉的口吻朝观众们说："让开一条路，让老子陪鲁司令走一趟！哼，砍头不过碗大个疤，二十年后又是一条好汉！"

鲁和尚和崔晨都被双手铐着钢丝软铐，双脚套上长到大腿的高筒木靴，关进了死牢。这死狱是专为江洋大盗设的，牢房特别坚固，四面尺余厚的墙壁上还包着橡皮，里面却异常低矮窄小，只够两人佝偻着挤在那里，加上套了那木制长统靴，功夫再深的人也休想动弹。大概是日本人考虑到强盗头子性格暴烈，怕把事情弄僵，所以提审时没有用刑。

牢房里没窗，只有一扇关得死死的大铁门，没灯没火，黑咕隆咚。那一夜鲁和尚不停地长吁短叹，崔晨想和他搭讪，他也不接腔。其实，崔晨的精神负担也不轻，不仅没救出土匪司令，还把自己陪了进来,怎么完成任务?难道就这样真顶着刘一鹏的名头做个屈死鬼?

中午,鲁和尚被叫了出去,好长时间没回来。崔晨正担心他受刑,他却吃得醉醺醺地回来了。没等崔晨开口,他就主动搭讪:"狗贼的矮东洋,想赚我呢,说什么只要肯把抢到的宝贝交出来,封我个师长、旅长,哼,谁不知道他们已是秋后的蚂蚱。我先胡乱点头,要他们给三天时间想想,鬼子答应了。嘿,有了这三天,你我不怕出不去。"

崔晨故意试探他:"身上套着这副紧箍咒,三年也逃不出去!"

"放心,我太太、侄女都不是省油的灯,城里有的是我们的眼线,他们一旦得到消息,马上会想办法劫我们出去。老弟,怪我鲁和尚有眼不识泰山,害你陪着受这份罪,出去以后,我一定好好报答你。"

"算了吧,只怕司令太太几阵耳边风,我就成刀下鬼了。"

"哪里话,你我患难之交,再加害于你,猪狗不如!"

听了这话,崔晨算放心了。

这时鲁和尚显得信心十足,摇头晃脑地主动给崔晨谈江湖上耍拳使棒、打家劫舍的勾当,还把他当年当强盗的过程绘声绘色地告诉崔晨。原来,他家祖上即练武功、卖拳头、吃挂行饭,到他这一辈,只有兄弟两人,哥哥混迹乡里充伪科郎中,只生一女秀绢,送进洋学堂培养;鲁和尚则在异乡摆武场、收徒弟。由于一次在澡堂里和新调防来的伪军团长结下仇恨,他一怒之下一匕首结果了对方的狗命,眼见到处通缉,存身不得,于是索性就在云湖滩拉起了队伍……

真是有钱能使鬼推磨,到了第二天傍晚,狱卒送晚饭时,忽然轻轻地说:"今夜三更,鲁小姐带领队伍来劫狱……"鲁和尚听了乐得像个弥勒佛,崔晨心里也充满了希望。

夜里,崔晨和鲁和尚坐立不安地等待着雾女山的人马。三更时分,突然东北角传来了枪声。哟,不是讲偷袭么,怎么变成了强攻? 他俩心里都不由紧张起来。

正在这时,门"伊呀"打开,光亮处,只见有个身穿黑衣、手执双枪的女子闪进来,后面跟着一帮人。狱卒给鲁和尚和崔晨打开了镣铐,那黑衣女人从嘴里挤出两个字:"快走!"

绝 技 惊 群 匪

冲出监狱,崔晨这才看清,这黑衣女人就是鲁和尚的压寨夫人。

鲁和尚问崔晨:"你怎么样?"

崔晨说:"我只能跟你走!"

"好,我收你。"

鲁和尚见老婆阴着脸,忙解释说:"他曾给我通风报信,我没肯听,害他也跌了进来。"

压寨夫人听了冷冷地丢了一句:"那随你便吧!"

于是,崔晨和鲁和尚在雾女山人马的保护下,离开监狱,穿越古城,踏上一条快船。

这时,枪声仍在响着,但已稀疏了。

鲁和尚坐进放在船舱里的太师椅里,问:"不是说秀娟来吗?"

压寨夫人说:"她是官出,我是私出。刚才东北角不是枪响吗? 不知她想显显自己的威风呢,还是通知鬼子,这我可弄不清了。"

"你别瞎猜疑。"鲁和尚及时制止,"哎,要不要等等她?"

"你真会操心,恐怕我们没到家她已回去啦。"她大声命令船工,"开船!"在船离岸时,她又冷冷地扫了崔晨一眼。

崔晨只当没看见,他默默地在想:嘿,这婶侄之间有矛盾呢!

我倒可以设法巧妙地利用她们这个关系做做文章。

一帮人回到雾女山，已近天亮，鲁秀娟所带的人马果然已先期到达。司令逢凶化吉，整个山寨像过节一般热闹，伙房里杀猪宰羊，忙得热火朝天。

稍事休息后，鲁和尚兴致勃勃地陪着崔晨在山前山后各处转悠，崔晨边走边细心观察。这山寨以雾女山为主峰，四周小峰围裹，山口都是暗堡；山下铺展着的芦荡又像诸葛亮的"八阵图"，大有一夫当关、万夫莫开之势，难怪日本鬼子几次围剿都没成功。崔晨暗想：如不能和平收编，硬攻一定很吃力。

鲁和尚陪崔晨观赏了一会山景，已近中午，便说："咱们回去喝接风酒吧。"

崔晨奉承了一句："托司令的福！"便跟着往山寨走去。

山寨由一座庙宇组成，他俩还没踏进山门，一个姓唐的副官已迎上来报告："司令，筵席摆好了！"

鲁和尚亲热地拉着崔晨的手，进入原是大雄宝殿的宴会厅。崔晨打量了一下大厅，只见一式的红木八仙桌，共有二十张，那就是说，除开巡山、站岗、出湖做探子的等，还有一百六十人，队伍蛮可观了。

宴会开始，鲁和尚夫妇面南而坐，崔晨客位，鲁秀娟坐在他的对面。

鲁和尚端着酒盅站起来说了几句庆贺的话，全场顿时一片欢声，大小喽罗大块吃肉、大碗喝酒，猜拳喝令，狂笑乱叫。

鲁和尚酒兴浓酣，连连跟崔晨碰杯。崔晨不敢扫他的兴，和他连干三杯。鲁秀娟看着，脸上越来越高兴，可那位压寨夫人的脸色却越来越阴冷。

崔晨怕多饮酒误事，想了想，说："司令，为了庆贺你脱险，我们总该想点事情助助兴。"

"嗯，对对，"鲁和尚歪着脑袋想了想，说，"戏班子来不及抢了,就叫弟兄们打打拳头热闹热闹吧!"

崔晨立即举双手赞成。鲁和尚把大手一甩:"喂,你们别只管享口福,都给我拿点本领出来!"

喽罗们立即挪开八仙桌,腾出一块地方,由几个小强盗打拳耍枪、抢起棍棒来,武功虽不深厚,倒也热闹。

鲁和尚问崔晨:"看看怎么样?"

"不错,都是好身手。"

鲁和尚嗬嗬一笑:"嘿,你这是火赤练炖酱——恶赞(蘸)!这不过是花拳绣腿罢了,我还要看你的真功夫哩!"

鲁秀娟立即催促:"你快露一手啊!"

压寨夫人却无动于衷,只顾拣自己喜欢的菜吃。

崔晨知道客气没用,心想:露一手也好,这样喽罗们也会对自己更看重些。于是说了声:"那就献丑了。"他站起来,把湘云纱短衫钮子扣扣紧,从容不迫地走下场子,先抱拳施礼,接着摆出架子打了一路螳螂拳。

喽罗们因这路拳花架子不多,掌声并不热烈。鲁和尚已看出了门道,便大声喝起彩来,小喽罗们也就跟着鼓掌捧场。

崔晨满面春风回到席上,坐下后,对鲁秀娟说:"我已献过丑了,这下该看你的啦。"

鲁秀娟并不推辞,去换了一身雪白的灯笼衫裤,怀里抱着寒光闪闪的双刀,下场摆个门户,就"呼呼呼"舞动起来。舞到急处,只见一团白光裹身,恰如一个白球滚动。这时候,那个矮瘦强盗拿了只升箩过来,抓起里面的蚕豆大把大把丢上去,爆响声中,纷纷溅落。

"小姐好功夫!"强盗们齐声喝彩。

一路双刀使罢,鲁秀娟把兵器交给那个精瘦强盗,走过来冲崔晨一抱拳头,说:"我俩交交手怎么样? 嘻嘻!"

崔晨赶紧摇手:"不行不行,我可不是小姐的对手。"

鲁和尚却快活地把身体往后一仰,说:"好,这可助兴!"

那位压寨夫人竟破天荒地开口表态:"是么,有意思啊!"

崔晨心里明白:这个女人表态,是黄鼠狼给鸡拜年——没安好心。回想昨天夜里,先期上山的鲁秀娟看到他们后,马上说明她接近监牢时遇上了巡逻队,不得已开火。这种情况,应该说是谁都可能遇上的,可压寨夫人却不冷不热地说:"这一来,你叔叔可差点成了刀下鬼。"弄得姑娘非常狼狈。眼下这女人又怂恿我与鲁秀娟比武,险恶用心不言而喻。我该怎么办呢? 如不接受挑战,众目睽睽,从此矮了三分。真与鲁秀娟比武,不拿出本领,她赢了,效果比前者还惨;拿出本领将她打败,这个心高气傲的姑娘当众出丑后,难免不记仇恨,婶侄俩各向鲁和尚刮邪风,我还能站得住脚?

崔晨为难了一阵,觉得只有先上阵,然后随机应变。于是就站起来拱拱拳头说:"那请鲁小姐多多包涵罗!"

这时候,大雄宝殿内一片肃静,几百双眼睛都盯紧了崔晨和鲁秀娟。

两人各摆门户后,崔晨又说了几句客套话,然后照客人先进招的规矩,拿出三分劲力,使出螳螂拳中的一招开手拳"螳螂探路",向鲁秀娟门面砍去。鲁秀娟毫不费力地化解后,拿出全部力量,施出少林外家路数,一个"猛虎咬犬"一拳打来。崔晨不便以硬抗硬,只得退后避锋。鲁秀娟却踏步跟进,又朝崔晨门面击来一掌。崔晨仍旧退让开去。

喽罗们都是巴望鲁秀娟赢的,这时纷纷喝彩助威。

鲁和尚当然看出崔晨没用真功夫,直起嗓子朝他喊道:"老刘,加油哪!"在鲁和尚的眼睛里,崔晨就是刘一鹏。

然而崔晨还是不敢进击。

鲁秀娟却愈逼愈紧,有时用拳,有时使掌,有时明拳明掌加暗腿。崔晨想:照这样下去,我迟早会吃亏。考虑再三,他感到不能再客气了,于是调运内气向她连发三掌,迫使她退后三步,然后假装势尽。鲁秀娟果然被崔晨这三掌惹得性起,"趁隙"把脚插上来朝他当胸一拳。崔晨立即扑步沉身,左手两指往她膝盖上轻轻一点,然后跳远三步,双手抱拳说:"我认输了,认输了。"

鲁秀娟面孔一红,扭身换衣服去了。

除了几个小喽罗瞎起哄,稍有眼光的人都明白崔晨已赢了。

崔晨这时却没立即回座,他拿出少林功夫,在场子内略施手脚,赢得满堂喝彩声。然而,他没就此下场,而是摆个倒立,用一个指头支撑着身子,把两脚叉开,使整个身体呈丁字形,然后"呼"地一个旋转,打个虎跳站定。那顶着中指的方砖地面,顿时出现一个洞。

"好个'一指禅'!"鲁和尚忘情地站了起来。

鲁秀娟已走回来了,只静静地望着崔晨。

崔晨再偷看压寨夫人,她正怔怔地望着自己,触到他的目光,立即避开了。崔晨暗想:嘿,你想做渔翁,可我不是鹬蚌!

难识美人鱼

鲁和尚不负前言,任命崔晨为"雾女山游击大队"武术教官,虽然没有军权,但他借此教师爷的身份,可以各处走动,把关隘卡子、兵力部署、出入路线等逐渐掌握在心。

第二天清晨,崔晨刚起来,在大雄宝殿前的露台上活动手脚,鲁秀娟就身穿白色拳衣拳裤,像个白衣仙子飘然而至。她笑盈盈地说:"刘老师,你那套花滚着实有意思,能教我吗?"鲁秀娟当然也把崔晨当作刘一鹏。

崔晨被难住了,照例,凭着花容月貌姑娘家,凭着前番上山和此番上山她对他的情意,他完全应该教她。可他毕竟没摸过她的底细,把绝招抖露出来,以后碰着类似的险情就无法脱身了。但他又不能拗违她。

鲁秀娟大概看出了他的为难，嘴一抿，说："喔唷，还这么小气，难道我是外人吗？"

崔晨蓦地想到那天给她治蛇毒的情形，脸不由得红了，心也跳得快起来。但他咽了口唾沫，说："啥人小气？我是因为马上要去给弟兄们上课，这套花滚又不是三下两下能学会的。再说，这里不是太显眼了吗？"

鲁秀娟闪动了几下很有神采的眼睛，说："你讲得也有道理。这样，下午五点钟，你来瑶池教我——就是上次遭蛇咬的地方。那里没外人敢进来。"

"嗯，好的。不过，我可没表呀。"

"这好办。"鲁秀娟说完转身走了。

吃中饭的时候，鲁秀娟竟悄悄塞给崔晨一块"英纳格"手表。这动作被压寨夫人看到了，但她只当没看见。

鲁和尚也看到了，他咧开大嘴笑嘻嘻地问："你俩鬼鬼祟祟干啥呀！"

崔晨装作大度的样子说："小姐送了块表给我。"

鲁秀娟掩饰："我要跟刘老师学拳头，这是拜师礼。"

"哈哈，很好，很好，老刘，你可不能留一手呀。"鲁和尚说到这里，忽然摸摸光头，"瞎，我都忘了，我还没送你一支好枪呢。唐副官，把那支新缴获的德国造二十响送给老刘！"

鲁秀娟和压寨夫人见鲁和尚如此慷慨，脸上都有点不自然，但都没有公开表示异议。

唐副官答应一声，很快走出去，不一会，一支闪着蓝光的二十响快慢机就落到崔晨手里。这一来，有了手表就便于掌握时间，有了快慢机更使他如虎添翼！

下午崔晨睡了一觉，教了鲁和尚的卫兵几手拳脚，看看手表上的指针，便朝瑶池走去。

他爬上西山顶，来到围墙下，正想敲门，门已开了。鲁秀娟穿着一身翠绿色的蝉衣,笑盈盈地说:"哈,你真准时,一分不缺,一分不多。"

崔晨目光触着那可以看到她的细嫩皮肤的衣衫,鼻孔里吸进一股法国香水的异味,心里很不自在。但他知道自己扮演的是一个无恶不作的强盗,便装作无所谓的样子,笑嘻嘻地说:"那要谢谢你送的表好啊。"

"我才不要你谢,你只要把那路花滚教给我,就感激不尽了。时间不早了,我们开始吧。"说着她掩上了门,轻盈地走进水池边的更衣室,很快换上一身粉红色的拳衣拳裤出来了。

崔晨极力稳住自己的情绪,也极力使法国香水味少进肺腑,走到一块平坦的绿草地上,说:"就在这里吧。我先教你基本动作。喏,这是跌扑法。"说完,他把双臂曲摆胸前,直挺挺地栽下去。

鲁秀娟门槛很精,在他挺身站起时说:"刚才我没看仔细,你再做一次。"

崔晨只得又栽倒一次,这次,他慢慢地站起来,一边拍着袖子上的尘埃,一边说:"看仔细了吧?要不,回去先在床上练练。"

"嘻!"她吃住笑声,朝他飞个媚眼,"你倒真会出主意,你肯当场指导吗?"

崔晨不由得脸红了。

于是,鲁秀娟便按照崔晨的动作,认认真真地练起来。她胆大灵活,动作完全正确。崔晨心里不由平添了一种不安:这是个心细、聪颖的姑娘,肚里又有墨水,我与她打交道得格外留神才行。

鲁秀娟尽管拳脚精通,以前毕竟没有练过跌扑法,皮肤也嫩。崔晨见她慢慢地站起来时,两道眉头拧紧了,便问道:"怎么样,没摔伤吧?"

"没有,怪我手肘子上的皮不老。不过,蛮有意思的,好在要领已经掌握,我回去再练,就像你说的,在床上练。"说着,又含蓄地飞了崔晨一眼。

接着,她伸手拉拉崔晨的衣袖,说:"来,我们坐下聊聊。"崔晨顺从地跟着坐下。

她扯了一根小草,问道:"你今年几岁了?"

"二十四岁。"

"以前玩过几个女人?"

他哽住了。他既不能说自己还没有谈过恋爱,又不愿意给自己倒脏水,就含糊其辞地说:"这种事情还提它干啥!"

"嘻嘻,你倒还懂难为情。"说完,她把头朝他身上靠过来,那粉嫩的脸庞跟着贴紧他的脸,摩擦起来。

崔晨连忙推开她:"小姐,你可别这样。"

"嘻嘻嘻,你倒真成了正人君子。"她并不恼,骚情地站了起来,"怎么样,你看我游泳吧。"说着她剥去拳衣拳裤,上身只用个胸罩扣住隆起的乳峰,下身一条大红的三角裤包紧了屁股缝缝。

接着,她"扑通"扎进水中,忽儿蛙泳,忽儿仰泳,就像美人鱼似的在绿波中游来游去。崔晨想到自己扮演的是土匪刘一鹏,因此也只能两眼看着她———一条真正的美人鱼。

鲁秀娟游够了,便湿漉漉地爬起来,像命令丈夫似的对崔晨说:"喂,去屋里拿块毛巾来。"

崔景只能遵命,去更衣室拿了毛巾,走过来递给她。她却不接,说:"你不能帮我擦吗?"

"帮你擦?"

"怎么,不愿为姑奶奶服务?"

崔晨从她那充满骚情的目光里,突然明白到,她这是有计划地勾引他。好吧,就替她擦。

于是他决然地走上去,先替她擦干净背上的水,再给她擦干净大腿上的水,最后,轮到擦前胸了,那里,乳峰之外,丰腴的"山坡"都袒露在外。他刚把毛巾伸上去,就触着一股弹性,顿时脸发热、手打颤、心猛跳。他想:我不能再干下去了。就把毛巾一丢,蹲在地上,双手捧住了头。

"你怎么了?"

"我不能给你擦了!"崔晨大声说,"再擦,我就熬不住了!"

"咯咯咯咯"一阵放纵的大笑,随即,崔晨的胳膊被鲁秀娟揽住,"那才好,我的美男子! 我们上更衣室去吧。"

"我不去!"崔晨把胳膊一甩,"我还要这颗脑袋呢。你是谁? 我是谁? 刀架在脖子上我也不敢!"

"没事,我欢喜你嘛。"说着,鲁秀娟又来搂他。

"不行,不行。"崔晨跳起来逃开几尺远,"你叔叔会把我毙了的。要么,你征得你叔叔同意。"

"你真的怕?"鲁秀娟眼睛里的欲火仍在燃烧,似乎已经到了难以抑制的地步。

崔晨又退后几步,说:"我怕,我是新入伙的,和你叔叔是兄弟辈,怎敢和你……要么你叔叔摆出一句话!"为了怕她死缠活绕,说完,崔晨转身就逃,奔到门边拉开了门。

门一拉开,崔晨忽然一惊,只见门外几丈之地,有个穿黑旗袍的女人正急急地往坡下走去。

呀! 是压寨夫人! 她到这里干啥? 刚才不是在偷看吧? 好阴险的女人。亏得我不是刘一鹏,不是淫盗之徒,否则被她瞧见,回去一吹枕边风,我还能有命?

当崔晨走下一箭之地,悄悄回头时,只见鲁秀娟已穿上衣裤,正怔怔地打量着他,好像在思索着什么。崔晨想:她为何发怔? 是因为看到了压寨夫人,还是对我的身份产生了怀疑?

莫 测 黑 衣 女

形势发展很快,日本人宣布投降了。

这天一早,崔晨手执弹皮弓,在北山上打鸟,差不多已打了二十只。这是他打来拿去和鲁和尚做下酒菜的,然而这不是他的本意。就在鲁秀娟勾引他的当天晚上,崔晨以月下教拳为名,把几个鲁和尚的卫士领到北山上,打了一趟拳后,他说:"蚊子太多,生个烟堆吧。"他们都答应,抱来许多枯树枝,他故意把火生得很旺。因为,离开部队时,他与首长约定,如能在雾女山顺利扎根,就在北山上生篝火做信号。

照行前的约定,在生起篝火的第二天,首长就上山谈判。所以第二天一早,他以鸟为名,注意着北滩的情况。

忽然,他看到鲁秀娟也上北山,身后跟着第一次上山时遇到的一瘦一胖两个土匪。她今天穿着雪白的连衫裙,雪白的高跟鞋,乌黑的头发扎成一把拖在脑后,完全是副洋学生派头,看那走路的模样,像是下山去玩的。

崔晨见鲁秀娟在沙滩边拾鹅卵石玩时,他突然想到一个念头,收起弹皮弓,打算去那里和她玩。

当崔晨从山顶顺坡下来时,看到一只小船钻出芦苇荡,抵达岸头,接着上来两个荷枪实弹的匪兵和一个身材高大的商人打扮的汉子。崔晨一眼就认出,那汉子正是新四军云湖游击队的副大队长汪英,他赶紧加快了脚步。

这时,只见鲁秀娟已走了过去,问了几句话,就和汪副大队长争执起来。鲁秀娟一挥手,那一瘦一胖两个家伙就把汪副大队长抓住了。

崔晨感到事情不妙,飞也似的奔上去,故意问:"你这个'票子'是从哪里来的?"

汪副大队长说:"我是云湖游击队派来的谈判代表,你们没有理由抓我!"

"哼,"鲁秀娟瞟了崔晨一眼,恶狠狠地对两个土匪斥责,"呆着干啥,还不送他上西天!"

崔晨感到情况危急,只得挺身而出,说:"慢—慢!"接着对鲁秀娟说："两国交兵，不斩来使。云湖游击队是共产党新四军的部队，他们既然派人来找司令，先让他上山，看他见了司令有啥话说。"

"刘老师，"鲁秀娟满脸认真，"你大概也知道，我们雾女山游击队可从来不跟哪路军队勾勾搭搭，与其让他扫我叔叔的兴，不如就在这里喂王八。哼，我能作这个主。把他拉去毙了！"

汪副大队长是个身经百战、多次与土匪部队打交道的红军干部，他大声抗议："我有重要军务要与你们司令商量，谁敢下手，今后鲁司令知道了，自己脑袋也保不了！"

那两个匪兵听了这话，不敢妄动了。

鲁秀娟却不买账，从袖珍小包里摸出小手枪，喝道："谁不执行我的命令，我先毙了谁！"

为了保卫首长的生命，事到如今，崔晨只能豁出去。他正想拔腰里的快慢机，只听有人不冷不热地说："吵吵嚷嚷干啥呀？"

崔晨回过头，只见压寨夫人一身黑色短装打扮，腰插两支快慢机走在前面，她身后，跟着个戴金丝眼镜、着西装革履的瘦长中年人，后面也跟着两个荷枪实弹的匪兵。

鲁秀娟一愣，把手枪放了下来。

压寨夫人问汪副大队长："哪里来的神仙？"

"我是新四军云湖游击队副大队长汪英，找鲁司令谈判来的。这位女土不问青红皂白，想先把我杀掉，请夫人领我去见鲁司令！"

鲁秀娟红着脸申辩："婶婶，我们和共产党不是有摩擦吗？我想不如杀了省心！"

"喔，"压寨夫人指指西装革履的中年人，"这位张先生自称是忠义救国军第四纵队的高参，他也是来谈判的。'忠救'与我们也有仇隙，要不要一并杀了？"

鲁秀娟一时哑口无语。

压寨夫人脸露得意之色,说:"这个队伍还是司令当家,共产党也好,国民党也好,司令知道怎么对付,用不着别人为他操心。走,把两个家伙都给我带走!"

接着压寨夫人从衣袋里摸出块黑布,"嗤"一撕为两,丢给两个匪兵。汪副大队长和张高参眼睛上都被蒙上了黑布,被押着朝山寨走去。

崔晨悬着的心放下了,他边走边想:这压寨夫人是什么角色?她为什么既仇视鲁秀娟也仇视我?真是个测不透的怪人!得好好摸摸她的情况,对她也要更加提防!

黑夜擒刺客

鲁和尚毕竟在人间烟火中生活了几十年,他听说蒙眼"票子"是国共两方派来的,马上以礼相待,让手下在左右两侧添上两把藤交椅,汪副大队长坐左面,张高参坐右面。

张高参推推金丝眼镜,站起来说:"鲁司令,我是中央方面派来的,决不能和异党分子坐在一起,请你把他驱逐出去。"

汪副大队长把草帽摘到手里扇了扇,又戴到头上,悠悠然地说:"别忘了,你们蒋委员长还和我们周副主席坐在一起议论国家大事呢。不过,如你有见不得人的事不便公开抖露,倒可以暂出。"

张高参蛤蟆脸涨得通红,愤愤地和汪副大队长展开了舌战。

鲁和尚对两人的唇枪舌剑显然来了兴趣,两只扇风耳竖得直直的,显然不想漏掉一个字。

再看鲁秀娟,似乎因为张高参辩不过汪副大队长而显得有点焦急。

压寨夫人却冷若冰霜,像座严峻的浮雕。她见张高参站着不知该怎么办,摆摆手说:"坐下说么!我倒要听听,小日本走了以后,你们谁坐天下。"

"对对,你们到底谁厉害,我想先弄个明白!"鲁和尚大声赞同。这个草头王,他一定清楚,日本人一败,国共两党势必又要争天下,大家既然都看中了他这支队伍,如果投对了主子,就可做个暴发户,反之,老本都会蚀光,这真是举足轻重啊!

"好好。"张高参只得退坐到原位上。他推推金丝眼镜,摆出不屑一辩的样子,说,"鲁司令,鲁太太,你们提的问题其实最好回答,今后当然是我们国民党中央军坐天下。共产党算个什么东西,眼下虽然占点地盘,只不过是个诸侯小国。扫平他们还不是一句话?"

"不对。"汪副大队长马上针锋相对,"谁胜谁负,历来不靠这个决定!"

张高参一脸嘲讽:"那靠什么?"

"靠人心所向。"接着,汪副大队长引经据典,从楚汉相争到孙中山领导革命推翻清朝统治,雄辩地说明一个真理:得道多助,失道寡助。多助者胜,寡助者亡。汪副大队长的话,驳得刚才还趾高气扬的张高参瞠目结舌。

鲁和尚听得摇头晃脑,压寨夫人却低下了头。

鲁秀娟分明看出张高参根本不是汪副大队长的论战对手,她眨眨眼睛,淡淡地说:"我看哪,国民党、共产党谁对谁错,光凭嘴巴子厉害没用,这个世界上卖假药的江湖郎中多呢。叔叔,"她侧过了头,"我看,听他们争是争不出名堂的,先把他们安顿个地方住下,我们慢慢再摸底细。"

"唔,也好。"鲁和尚点点头,吩咐身后的唐副官说:"你负责安排这位张高参!"接着又吩咐崔晨道,"刘教官,你代我照应这位汪队长。"

崔晨求之不得,应了一声"好",领着汪副大队长走了。

崔晨和汪副大队长都觉得,从鲁秀娟起先要杀汪副大队长到刚才的神色变化,已断定她是国民党安插在鲁和尚身边的特务。那么,现在她这个提议,莫非是在施用缓兵之计? 看来得提高警惕。

果然不出他俩所料,第二天中午,崔晨正以鲁和尚代表的身份陪汪副大队长用饭时,突然有卫土通知他们马上去大雄宝殿。

他俩一踏进大雄宝殿,就见鲁和尚已经杀气腾腾地端坐在那里了。压寨夫人和鲁秀娟照例陪坐两边,鲁秀娟嘴边挂着冷笑,压寨夫人却依旧像座冷峻的浮雕,而那个张高参已先坐在老位置上,跷着二郎腿,悠悠然地吸着雪茄烟。

一瞧这气氛,显然对我方不利!

崔晨紧张地想:难道经过短短几个小时,鲁和尚的屁股已完全坐到国民党一边?

汪副大队长若无其事地走到那空着的藤椅上坐了下来。

鲁和尚瞪了汪副大队长一眼,喝道:"把人统统给我押上来!"

很快,匪兵们把十几个垂头丧气的俘虏押进了大殿。

这是咋回事呢?

原来,这是国民党搞的一个不高明的花招,派人冒充新四军偷袭山寨。汪副大队长立即声明,这不是新四军的人,并且同意压寨夫人的意见,把这些俘虏押下去枪毙。这一下形势急转直下,俘虏们立刻供出了真相,气得鲁和尚当即把那个姓张的高参赶出了雾女山。

这样,汪副大队长真正成为客人。

经过半天的谈判,鲁和尚初步同意接受共产党、新四军的改编,具体条款待他经过考虑,三天后再找地方议定。汪副大队长同意了。

晚上,鲁和尚尽山寨所有,在大雄宝殿前的露台上摆下丰盛的宴席。鲁秀娟却来了一百八十度大转弯,把自己打扮成一个富家小姐,像花蝴蝶似的穿梭应酬,十分亲切。可是压寨夫人竟推说身体不适,没有露面。

这顿酒一直吃到夜深更尽方散,由于鲁秀娟频频敬酒,鲁和尚喝得脚步都迈不开,只能由唐副官搀着回去。

崔晨仍代劳送汪副大队长回客房,鲁秀娟却格外热情,也要送行。崔晨和汪副大队长不好拒绝,只得听其自便。

汪副大队长住的客房原是庙里的方丈室,在后寺,独门独户,其中有假山、有池水,堪称世外仙境。

此刻月黑星稀,秋虫唧唧。鲁秀娟拧亮电筒在前引路,崔晨不敢大意,把插在腰间的二十响驳壳枪的保险打开了,警惕地在殿后走着。

三人鱼贯着跨进客房院门后,鲁秀娟有礼貌地停下,回转身,用电筒照着地面,客气地关照:"汪大队长,这路有点不平,你当心呀!"

不料她的话音刚落,突然"砰砰"两声枪响,不远处传来"妈呀"一声惨叫,崔晨和鲁秀娟几乎在同时拔出了手枪。

紧接着又是"砰"一枪,把鲁秀娟的小手枪打飞了。

崔晨暗暗惊叹:这人真是好枪法。

这时候,汪副大队长早已跳到暗处。崔晨一时懵了,他赶紧蹲下身子,想寻找刺客。

暗中传来一个女人的声音:"刘教官,没你们的事!"

崔晨已听清楚是压寨夫人的声音。

鲁秀娟一听这声音,惊得拔腿想逃,压寨夫人喝道:"小贱人,快举起手来,否则打死你!"

崔晨已意识到压寨夫人是保护汪副大队长的,忙把枪口对准了鲁秀娟。鲁秀娟见无法脱身,只得举起手来。

汪副大队长拾起地上的电筒,往假山旁边一照,只见刺客正是鲁秀娟身边那一瘦一胖两个强盗,胖的已被打死,瘦的正痛得在地上翻滚。

这时一条黑影从假山上飞身而下，她果然是压寨夫人，只见她一身黑色短打，双手各提着一支快枪，崔晨和汪副大队长赶紧同声道谢。

压寨夫人平淡地说："没啥，我早知她不是好东西。"接着，她把双枪往腰里一插，主动说起她的身世来。

压寨夫人原是演员，有一次，李麻子匪部抢劫民船，把她所属的那个戏班子里的人统统杀光，她是武生，水性又好，潜入水中才逃得性命。当她在湖中漂泊挣扎时，被鲁和尚救起，就结为夫妻。

鲁秀娟上山初期，她曾以侄女相待，但后来见她行为鬼祟，到处拉拢部下，便怀疑她是个奸细，可是讲给鲁和尚听，鲁和尚哪里相信，她只得独自暗中提防。那次搭救鲁和尚，她估计鲁秀娟不会真心，才随后也带人马相救。

崔晨冒充刘一鹏上山，开始她真的相信他是李大麻子部下的小头目，因此十分仇恨。但接着她对崔晨的真正身份产生了怀疑，因为她除了看崔晨的气质不像十恶不赦之徒，主要是那天傍晚见他在鲁秀娟的色情引诱之下竟不为所动，今天上午以来更看得清楚了。

在张高参被驱逐后，压寨夫人知道鲁秀娟决不会甘心，就冷眼旁观，看到她与那一瘦一胖两个心腹躲在偏僻之处密谋策划，压寨夫人就装病，暗中提防。天黑后，压寨夫人见那两个家伙翻墙溜进来，她也施展轻功进来，悄悄埋伏在假山下监视他们，当汪副大队长进来，两个家伙刚要行刺，就被她举枪击中。

说到这里，压寨夫人回头问垂头丧气的鲁秀娟："我的话一句都不错吧？"

鲁秀娟扭转头不响。再审问瘦子，瘦子如实供认了他是受鲁秀娟的指使。原来鲁秀娟在学校时就加入了军统，是受命潜入雾女山的。

至此,崔晨心中的疑雾完全消散了。

汪副大队长说:"太太,你原来也是个受过苦的人,还请你在贵部改编中继续出力,人民是不会忘记你的功劳的。"

压寨夫人听了,却叹口气,说:"我也不要谁夸奖。独木难成林,谁都知道国民党不是好东西,共产党总不至于比国民党坏,所以我主张依靠你们。"

汪副大队长正要再说几句,墙外突然响起了鲁和尚醉醺醺的声音:"他妈的,哪个王八蛋当刺客?我抽他的筋,剥他的皮!"

压寨夫人听到鲁和尚来了,立即押了鲁秀娟和瘦子迎了出去……

两周后,改编谈判达成协议。

在崔晨的引见下,鲁和尚和压寨夫人带了人马,朝新四军云湖游击队驻地开去。

（钦志新）

要坚强,要勇敢,不要让绝望和忧愁压倒你,要保持伟大的灵魂在经受苦难时的豁达与平静。

"龙剑"怒出鞘

1946年3月17日下午一时许,南京上空乌云翻滚,大雨滂沱,随着一声暴烈的雷响,一架C-47型222号专机颤抖着身子,惊嚎着,闪电般的向地面俯冲下来,它穿进山谷,擦过树梢,扑向江宁板桥镇南面的一座不到二百公尺高的山腰上,在一声轰隆巨响之后,腾起了一团烈火。

飞机的失事,顿时引起了国民党军统局的内乱。蒋介石听了,竟一屁股跌坐在椅子上,连说:"完了,完了……"这个坠机事件,为何使国民党军统局如丧考妣呢?原来罹难人中有个混世魔王、军统特务首脑——戴笠。然而,在清理遗物时,却从戴笠夹得紧紧的左膀内所存留的残破衣片里,发现了一张被烟火熏得焦黄的四寸照片。经辨认,照片上的小伙子竟是半年前因刺杀戴笠未遂而被戴笠亲手处决的一个草莽刺客。那么,戴笠为何把仇敌的照片珍藏在贴身内衣口袋里呢?我们这个故事,就来解开这个谜。

事情须从1945年说起……

庵 中 幽 灵

在浙赣边界的八都村,有一座500公尺高的山,叫女儿山。沿着女儿山的小径拾级而上至300公尺高处,有一个半圆形的天然洞窟。洞内宽敞明亮,有二十多丈方圆,3丈余高,整个洞形就像巨人半张开的嘴。洞窟里两侧有几间青砖砌成的无顶房间,中央有尊丈把高、合掌立在鳌头上的观音菩萨。鳌头前,架着一条青石板,上面摆着烛台香钵。清凉的洞内整日香烟缭绕,纸钱纷纷,显得肃穆、静谧、幽雅。

这个从明代起就被人尊为"仙女庵"的洞窟里,居住着一女一男两个人。女的是削发尼姑,法号大姑,虽已四十有余,但看上去却像只有三十出头,瓜子脸,月牙眉,面色白皙,双目清秀,举止端庄,神态安详,是方圆百里人人敬仰的"活观音"。男的叫龙龙,是十九年前大姑去东海为师父的亡灵超度时,从野外捡来的孤儿。如今龙龙已长成魁梧挺拔的棒小伙,他长方脸,粗眉毛,微凹的眼眶,高鼻子下一张微翘的倔犟嘴唇。小伙子不念经不拜佛,终日打柴担水,爬山过岭如履平地。他身边有只金丝猴和他形影不离,是他的伙伴和帮手。

这天,龙龙一脸兴奋,带了金丝猴,离开仙女庵下山而去。别看龙龙才19岁,可他几年前就是闽浙赣游击队决死队的成员了,他的任务是利用仙女庵传递山上、山下的情报,今天他是去参加一个非常行动会议。

原来,1945年8月15日,日本正式宣布无条件投降。国民党在抢劫抗战胜利果实的同时,明目张胆地开始了反共活动。以戴笠为首的军统特务,奉蒋介石的密令,偷袭由顾复生领导的、驻扎在上海七宝镇的新四军部队,使多年在敌后活动、屡建奇功的抗日英雄们,没有死于日军的枪炮下,却葬身于亡国奴的手中!

消息传到闽浙赣游击队决死队那里,可把他们气坏了。因为游击队所在地江山和玉山,既是戴笠的故乡,又是军统特务云集的反动堡垒。多年来,决死队深受国民党围剿之苦,复仇之心蓄积已久。这一天,决死队得到情报,戴笠在近期要陪同美国海军上校梅乐斯到东南视察,可能途经江山、玉山。决死队决心趁此机会将混世魔王铲除,以祭九泉之下的英魂。

决死队当即召开了制定刺戴计划的研讨会。会议开得十分热烈,大伙纷纷献计,争得面红耳赤。最后队长提出,戴笠狡诈多端,他此行必有重大的使命,并且会有大队人马护卫,我们决不能硬拼,只有利用他外出行动之机,布下"口袋"。但问题的关键是:要设法准确地掌握他的行踪。可是,如何掌握戴笠的行踪呢?众人你望我、我看你,一时谁也想不出个道道来。

这时,一直坐在墙角处的龙龙慢慢地站起来,只见他红着脸,摸着脑袋,不好意思地说:"我倒有个法子,可不知行不?"

众人七嘴八舌问他啥法子,龙龙说:"刚才队长说,只要能知道戴老狗的行踪,就有法子,这话提醒了我。我听我妈说,那个老狗很信佛,他当上特务头子后,回过老家两次,每次来都要上仙女庵求神拜佛,还捐献大笔香款,再顺路去官溪看望他的伯父。他对我妈说过,下次来江山,一定再上仙女庵,捐献一尊金钵……"

大伙听了龙龙的这番话,一致认为这是个极好的机会。只要戴笠上仙女庵,就能得知他的行踪,再利用官溪路上的有利地形,打他个伏击。

会议结束后,龙龙急步赶回仙女庵,此时已近黄昏,他母亲大姑正和十来个香客在诵晚经。等到晚经诵毕,香客走尽,龙龙没等大姑更衣,便神秘地把她拉进房内,掩上门,关好窗,悄声问:"妈,国民党特务头子戴笠到过仙女庵两次,对不?"

"你说的戴笠,可是江山峡口镇的戴春风?"

"正是他!"

"你问他干吗?"

"你说呀,他来过没有?"

大姑微微地点了一下头。

龙龙又问:"他下次来玉山,还要到仙女庵拜佛,对不?"

大姑迟疑地点了点头。

龙龙咧嘴笑了,还兴奋地一挥手:"嘿,成了!"

"怎么,他,又要来?"大姑的声音有点发颤。

"唔,"龙龙点点头,双手扶着大姑的肩,安慰道,"妈,你不用怕,这个吸血魔鬼,这次叫他有来无回!"

大姑突然脸色大变,一把抓住龙龙的手:"你说什么?"

龙龙自知失言,忙掩饰说:"没什么。"

"龙龙!"大姑连连摇头,惶惶不安地说,"你是妈妈的命根子。妈是出家人,仙女庵是圣洁之地,你可千万不能造次啊! 阿弥陀佛……"

一晃两天过去了,平日一挨枕头就睡着的龙龙,这几天夜里总睡不安宁。这天,时值三更,天上淅淅沥沥地下起了细雨,一阵冷风从无顶的房上卷进屋内,使刚入梦的龙龙打了个寒噤,蒙眬中他摸了摸赤裸的上身,将盖在小肚上的被子往上拉了拉。也就在这时,卧在他枕边的金丝猴发出了"吱吱吱、吱吱吱"的惊叫声,龙龙迷迷糊糊地睁开眼,顿时惊得毛骨悚然,只见对面的窗外,有个披着雄狮般的粗发、两只细长的胳膊半举着的影子,贴在窗棂上……龙龙失声喊:"谁?"那影子一晃消失了。龙龙翻身下床,又听到对面房里的大姑发出一声撕人心肺的尖叫。龙龙顾不得害怕,急忙从枕下抽出匕首,飞步冲出房间,"砰"用肩撞开大姑的房门。在煤油灯下，只见大姑蜷缩在床角落里，两手抱肩，浑身打颤，口中喃喃地念着"阿弥陀佛"。

龙龙急步跑到床沿："妈，怎么啦？"

大姑抬头恐慌地指着窗户："有、有……噢，阿弥陀佛……"

龙龙明白了，母亲和自己一样，看见了怪物。龙龙转身跑出房间，在洞窟里转了一圈，查看了每个角落，没有发现怪物。母子俩再也没敢合眼，相伴而坐，直到东方发白。当黎明的曙光射进洞窟时，龙龙的心才渐渐平静下来，大姑则瘫软在了床上。龙龙再次查看了洞窟，当走到自己房间外的窗户前时，忽然发现窗下有样东西，捡起一看，是一张签书，签书上写着十个字：

执戒律者昌，意杀业者亡。

龙龙一愣，随即来到母亲的窗下，也发现了一张同样内容的签书。

显然，有人在警告这对母子：如开杀戒，必遭身亡。

龙龙蹙眉凝神，将签书放进了衣服口袋。

当黎明的曙光射进洞窟时，大姑出了房间，她漱洗得格外整洁，身着一件祭祀时才穿的紫色网眼素衣，来到观音像前，虔诚地点上一对大蜡烛，三根红香，跪下叩了三首，起身后，示意身边的龙龙磕头。龙龙后退了一步，苦笑着摇了摇头。

大姑近乎乞求地说："孩子，妈从没有求你给菩萨磕头，今天你也给观音娘娘磕个头，求她老人家保佑保佑咱们了。"

龙龙望着母亲忧虑的神色，心一软，就跪在蒲团上。

这一天，大姑不食不饮，一直坐在蒲团上，念着佛经。

这一天，龙龙心里也不安宁。到了晚上，他稳了稳情绪，壮起胆，端着油灯，在房里、房外仔仔细细巡视了一遍，没有发现任何异常的踪迹。但龙龙心里总觉得这个幽灵在此时出现，必有蹊跷,不能等闲视之。于是第二天一清早,他赶到决死队,将情况作了汇报。决死队经过分析,认为这个幽灵必定是人,刺戴计划可能已经暴露,必须立即采取措施,以绝后患。于是,如此这般地制定了捉"鬼"方案。

龙龙回到仙女庵,太阳已经西沉,庵内香客已经走尽,显得空荡荡的。龙龙顾不得吃饭,一反常态地漱洗打扮一番,然后点燃一把香,端端正正跪在蒲团上,先恭恭敬敬向菩萨叩了三首,接着闭上眼,喃喃地诉说起来。他那高扬的声音,变得文雅而柔和,面容显得格外虔诚。大姑望着这一切惊呆了:这孩子怎么啦? 自打懂事起,从未见他这样虔诚拜佛啊! 事实也确实如此,十九年来,这母子俩每天从早到晚,一个在庵里率善男信女念经拜佛,一个则在山里砍柴采药,只有到了晚上,母子俩才相聚一起,大姑教龙龙琴棋书画,龙龙向大姑叙述野山的趣事。大姑深知,凡入佛门者,皆系苦难深重者。所以尽管自己信神敬佛,可她从来不强求、也不愿意心灵聪慧、个性不羁的龙龙同自己一样四大皆空,投入佛门。龙龙 16 岁时,有天在山上不慎被毒蛇咬伤,昏死过去,恰巧被共产党的游击小分队发现,将他救活,送回仙女庵。从此,龙龙常往游击队的驻地跑,还跟他们练枪耍棍。在大乱的年月,大姑唯恐龙龙有个闪失,便屡屡劝他莫与兵家来往,有时间不如跟自己诵经念佛,可龙龙却像着了迷似的缠着游击队。儿大不由娘,大姑也只好由着龙龙,只是每天念经时都要为龙龙的吉祥祷告一番。今天,龙龙突然自己拜起佛来,真是太阳打西边出的事!

然而当大姑听着龙龙的祈祷时,心里便明白了原由,她静静地伫立着,谛听着龙龙娓娓的祈祷:

"大慈大悲的观音娘娘在上,我龙龙本是个凡夫俗子。过去我不信天下有神灵,因为既然有神,为何人间还有不平? 神灵又为何不能除尽天下邪恶? 可是,这几天仙女庵好像有神降临了,扰得我母子惊恐不安,仙女庵寒气袭人,如您能再显一次灵,通我心窍,我定迷途知返,永生随母尊您。阿弥陀佛……"

可是几夜过去,仙女庵没有出现令人恐怖的"幽灵"。

又一夜来到了,皓月当空,整个山像被涂了一层银辉,在轻风的吹拂下,树影婆娑,树叶沙沙,仙女庵里的香火烛光忽明忽暗,腾起的袅袅青烟时聚时散地飘忽在庵间……一更、二更、三更,时间在悄悄地流逝,鼾声伴着甜蜜的梦呓声和齿嚼声在龙龙的房里时断时起。四更时分,一阵劲疾的山风旋转着扑进洞窟,"噗噗噗"烛光挣扎地摇曳着,终于熄灭了。刹时,仙女庵一片漆黑。

这时,一个黑影悄然出现在观音菩萨像前,跪在蒲团上拜了三拜,随即立起,轻踏着脚步,幽灵似的向龙龙的房间飘去。

龙龙床边的条桌上,亮着一盏油灯,豆粒大的灯火微弱而昏暗。龙龙面朝窗,侧身躺着,手臂搁在蜷卧在枕边的金丝猴的身上。他虽然看似鼾声如雷,但周身的每一根神经都紧绷着,锐利的目光透过浓密的睫毛直射窗户。当他听到轻微的脚步声时,精神一振,啊,渴待的幽灵终于出现了!他的血液在沸腾,心在"怦怦"地狂跳。片刻,那神秘而恐怖的幽灵贴近了窗户,形态同龙龙几天前看见的一模一样。那幽灵双手扶着窗棂,手指叩打着木框,发出"咚咚咚"的轻响。金丝猴警觉地竖起耳朵,口中发出"吱吱"的报警声。龙龙压在左臂下的右手紧紧地握住匕首,运足气,鼓满劲,猛地纵身跳下床,大吼一声:"抓鬼!"旋风般的冲出了房。没等他跑近窗户,只听见"嗨"、"哎哟"两声喊叫,随后"扑通"一声,一个黑影栽倒在他的脚前。紧跟着另两个黑影猛虎扑食般的压在了倒地的黑影身上。"刷"一道手电光射向地面,决死队队长一手拿着电筒,一手握着驳壳枪,威严地喊道:"不许动!"

两个决死队队员从地上立起身子,把脚踏在倒地的幽灵身上。

龙龙一把抓住幽灵的头发,不料那长发离开了幽灵的头,是假发。另一个队员将戴在幽灵脸上的面具一揭,大伙都傻眼了,踩在幽灵身上的两只脚触电似的缩了回来。"啪"龙龙手中的匕首掉在了地上,惊呼:"啊,是你?"

孤 女 悲 剧

谁也未曾想到,那幽灵竟是龙龙的母亲大姑!只见她蜷卧在地,双手掩面,簌簌发抖。

龙龙只觉得头脑里一阵炸响,仿佛有面铜锣在头脑里轰鸣,脑袋像给什么东西压着,快要破裂了。他没有说话,呆瞪瞪地望着母亲。片刻后,他蹲下身子,双手猛地抓住母亲的两肩,拼命地摇着,喊着:"妈,你、你这是干什么?干什么呀?你快说!快说呀……"

大姑慢慢地抬起了头,她的脸色白得像张纸,微合着的双眼含满泪水,紧紧咬着的下唇渗出了一缕血痕……她仰视着龙龙,似有万语欲诉。突然,她从龙龙的手中挣脱,哭泣着,跟跟跄跄地奔进了自己的卧室,一头扑倒在床上。她悲凄的哭声在洞窟里回旋,那哭声似有千般冤苦、万般疾痛……龙龙垂着头,拖着沉重的步子,走进了大姑的房间,木呆呆地伫立在床前。

好一会,大姑才止住哭声,慢慢坐起身子,目光呆滞地望着迷惑而痛苦万分的龙龙,喃喃说道:"该说了,该说了……龙儿,我说,我全说!不过,孩子,你无论如何要原谅妈呀!"她乞求着,伸手紧紧地抓住了龙龙的衣襟,嘴唇哆嗦,声音颤抖地说,"那个戴笠,是、是你的、亲生父……父亲啊!"

此言一出,如五雷轰顶。龙龙的身子一震一颤,一摇一麻。他愣着两眼,看着母亲,讷讷地问:"你说什么……你说什么……"

"他、他是你的父亲啊!"

"胡说,胡说!"龙龙一把抓住母亲肩膀,喊道,"你在骗我!你在骗我!"

大姑张着嘴,噙着泪,一个劲地摇头,结结巴巴地将隐藏在心底二十年、原打算将它忘掉、烂掉的秘密,通通吐露了出来。

话说 1915 年,在浙江常山县有位叫冷公佐的教书先生,40 岁时不幸得肺病身亡,留下妻子和刚满 10 岁的娇女。孤儿寡母处境十分艰苦,当冷小姐长到 18 岁时,寡母也命归黄泉。从此,冷小姐开始了独立的生活。在那年月,一个少女过日子难,一个漂亮的少女过日子就更难。桃李年华的冷小姐独立涉世不到一年,就连遭了两个花花公子的玩弄,最后心灰意冷地遁入空门,上了仙女庵。当时庵里的住持是个 85 岁的尼姑,叫觉慧,觉慧见冷小姐玉面柳身,且又知书达理,不忍她削发为尼,暂留她在庵里修心念佛,以便有机会时替她物色个好主,让她重归凡尘。不料这番好意却害了冷小姐。有一天,冷小姐独自在山上采撷花草,无意中撞上了一条色狼,那色狼便是戴笠。当时的戴笠还只是个被乡人指骂的小痞混,这天,他为躲避赌棍们的逼债,从老家峡口翻山越岭前往官溪的伯父家。当他发现如花似玉的冷小姐时,不由顿起邪念,先用俏语挑逗,见对方羞怯欲走,周围又无人,便使出了惯用的伎俩,厉声喝道:"慢走!我刚才在这儿掉了个钱包,你捡着没有?"

"没、没有。"冷小姐连连摇头。她刚要起步,戴笠把手一拦说:"哼,我要搜身。"没等冷小姐分辩,就像恶狼似的将冷小姐扑翻在地。冷小姐哪经得起这般惊吓,倒地后,后脑勺又撞在了一块石头上,便晕死过去。等她苏醒后,见自己赤身裸体,她又羞又恨,觉得活在这世上太没意思,欲跳崖自杀,幸被前来寻找的觉慧发现了,将她劝回庵内,选了个吉日良辰,给她削了发,正式收她为徒,取法号大姑。

两个月后,觉慧得了伤寒,在她命归天国之前,知道徒弟有了身孕,便再三叮嘱她,为了孩子,为了仙女庵的香火,切勿轻生,并为她指出了一条遮羞之路。觉慧去世后,大姑按师父的嘱咐,对香客们谎称,去东海为师父超度。一年后,她怀抱婴儿返回仙女庵,对外说:"孩子是野外捡来的。"那孩子便是龙龙。

从此,大姑挑起了主持仙女庵和养育龙龙的重任。而混世魔王戴笠在这期间,先是在乡间地主武装民团中厮混,后又投身到浙江军阀周凤岐的部队里混了两年,又只身前往上海、杭州等地,结识了在交易所鬼混的蒋介石。随着蒋介石的发迹,他也步步高升,直至抗日战争爆发后,升任为国民党军统局的副局长。

1937年,戴笠将母亲、妻子送回峡口,为了在众乡亲面前表示自己已洗心革面,特地前往仙女庵烧香拜佛。到了庵里,第一眼就被住持尼姑的相貌吸引住了。再定眼细看,觉得似曾相识,细细一想,猛然想起了自己当年在仙女庵附近山上干下的事,不由得耳热心跳起来。

此刻,大姑也认出这个革履戎装、举止威严的戴笠就是当年奸污自己的色狼,她不由暗暗一惊!她早已风闻戴笠的发迹事,可是万没想到,这个恶魔今天会突然出现在面前。他们默默地对视了足有一分来钟,好在如今大姑已不同当年的冷小姐,她已修炼得遇事不惑了,短暂的迟疑过后,她便恢复了常态,声色不露地净手洁案,备好香烛,接待了戴笠一行。

这一切在戴笠看来,实在不可思议。他刚才还担心会闹出什么笑话来,此刻见大姑风姿飘然,神情温雅,不由在肃然起敬之中又萌动欲念。为了博得大姑的欢心,他慷慨捐资十根金条给庵堂,并在观音菩萨前顶礼膜拜,俨然成了一个虔诚的信徒。到了下午,他把卫兵和副官打到庵堂外,只身进庵,花言巧语地向大姑表白心迹,并把自己吹嘘成驰骋疆场的抗日英雄,最后向大姑提出了非分的要求。大姑自然不从。这时,戴笠露出了流氓嘴脸,硬把大姑掀倒在床上。大姑又惊又怕又急,但又羞于高声叫喊,只有挣扎着、哀求着。就在危急之时,突然,戴笠"哦"一声嚎叫,松开了手。原来有个人抱住了他的大腿,狠狠地在上面咬了一口,此人便是年幼的龙龙。龙龙本来遵母亲之言一直躲在厨房里,当他听到母亲的呻吟声时,忍不住跑了出来,见母亲受辱,他气得像小豹子一样扑向戴笠。这一击,把戴笠惊得出了一身冷汗,一脚将龙龙踢翻在地,"噌"地拔出了手枪:"这小杂种是谁?"

大姑发疯似的扑向被踢倒在地的龙龙:"不,你不能打……他、他是我领养的孤儿……"

戴笠看了看被咬出血的大腿,怒火直冲脑门,咬牙切齿地说:"小杂种!敢咬老子,我要抽他筋!剥他皮!"

"你……"大姑惊恐得浑身哆嗦,望着眼露杀气、步步进逼的戴笠,感到大祸即将临头,情急之中,她不顾一切地哀求道,"阿弥陀佛,你饶恕他吧,我,我答应你……"

听到这话,戴笠止住了脚步,一偏头,低吼道:"叫他滚!"

大姑忙将龙龙推出房门。龙龙在跨出门口的当儿,扭头狠狠地盯了戴笠一眼。此时,他虽然还不明白母亲为何如此畏惧此人,然而在他幼小的心灵里,已经种下了对戴笠永不磨灭的仇恨的种子!

那一夜,大姑迫于淫威,又一次满足了戴笠的兽欲。过了几年,戴笠回老家探母,再次上了仙女庵,大姑事先得此消息,忙将龙龙支开。就这样,一个好端端的良家女子、佛门弟子,为了爱子,只好忍受凌辱,坠入苦海……

这天,当龙龙无意中露出了游击队要处死戴笠的消息时,大姑急得心乱如麻:一则龙龙是她的命根,这等危险之事,她是绝不能让他干的。二则她已对戴笠产生了一种欲罢不能的复杂情感。俗话说,一夜夫妻百日恩。虽说戴笠使她的心灵蒙受了巨大的创伤,但毕竟给她留下了一颗慰藉之果。再则,佛说,苦海无涯,回头是岸;对普天下人都应慈悲为怀,怎能让儿子杀父亲,罪上加罪？真要这样,将来死了,到地狱也将永遭万劫！想到这些,大姑不寒而栗,如火焚心。然而这一切又不便向儿子挑明,无奈之下,她只好演出了"幽灵"一幕。

大姑哭诉了这离奇而又震人心际的经历后,再也支持不住了,身子一歪,颓然地靠在了床架上。她悲伤地对龙龙说:"孩子,妈的命苦啊！这一切都是老天安排、命中注定的,我唯有虔诚拜求佛祖慈悲,减轻罪孽……"说完,捂脸哭了起来。

听着母亲大姑的叙述,龙龙的身子在不住地颤抖,心一阵阵地痉挛。他仰起头,木然地望着洞顶,感到灵魂在一瞬间破碎了！突然,他如同受了伤的猛兽,"啊"地大吼一声,甩开大姑,发狂地冲出房门,冲出洞窟,冲向被夜色笼罩的山野……

大姑道出的隐私,给刺戴计划罩上了一层阴影。决死队的有些队员对龙龙产生了戒心,个别人甚至提出要将他们母子俩扣押起来。决死队的领导召开了紧急会议,经过认真分析,一致认为:母子俩既是无辜者,又是受害者。此事的暴露,只能使龙龙更加认清戴笠的丑恶本质。我们对龙龙要寄予更大的信任,促使他化悲痛为力量,更好地完成刺戴计划。会后,队长在一个僻静的悬崖上找到了龙龙。

此时的龙龙就像掉了魂似的呆坐着,两眼仰望天空,冰冷的大手支撑着灼热的脸颊。自从知道自己的身世后,他心中绝望极了。对自己的生身父母,过去他有着很多美好的想象,多少个白天和夜晚,他在脑海里编织了一个又一个美丽的花环……可是这一切,在一瞬间被击得粉碎。他由一个自豪的战士,突然变成了"罪人"！……他忘不了死于戴笠手下的英灵,更忘不了母亲遭受的蹂躏和自己幼年时立下的誓言。他觉得一天不亲手杀死戴笠,一天就在人们面前抬不起头。如果说过去刺杀戴笠是出于国恨,那么现在又加上家仇,使他越发加深了对混世魔王的仇恨！他恨不得插翅飞到魔王的身边，将他碎尸万段。然而，这一切能向谁倾诉？又有谁能理解？他害怕见到母亲，更害怕见到决死队的同志们。

决死队队长走过来，紧挨着他坐下，用手抚摸着他的头。龙龙鼻子一酸，扑在队长的怀里，像孩子似的嚎啕大哭。哭啊，哭啊……他要将憋在心中的仇恨、委屈、伤痛和失望全部倾出……这天，队长和龙龙一直坐到日落西山。

为了稳定大姑的情绪，第二天，龙龙按照队长的指示回到了仙女庵，他对母亲大姑说："好了，你的目的达到了，游击队不打算冒险了。不过，你不能向那个姓戴的露出任何口风，不然，你就不是我的母亲！"

大姑见儿子原谅了自己，不由悲喜交加，她眼里含着泪水，一个劲地点着头，喃喃地念着："阿弥陀佛，阿弥陀佛……"

魔 王 遁 迹

1945年9月29日，春风得意的戴笠回家乡来了。他乘着奥斯汀小汽车，带着大群随从出现在江山城。在城里只住了一宿，第二天便驱车驶往仙女庵。到仙女庵后，他同前两次一样，在各山头布下了层层岗哨，尔后独自一人进入洞窟，一直到下午五时，才率众向官溪进发。

决死队在离官溪五里地的一个大山坳里埋下了伏兵。照推算，五点半左右战斗就可打响，可是直至六点多，戴笠还没出现。正当决死队急不可耐时，在山下打探的暗哨气喘吁吁地跑来，报告说："这老狐狸，离开仙女庵，往官溪走了五里地，突然调转车头，往县城方向开去了。"

这一消息使决死队上下无不愕然，大家一商量，决定兵分两路，一路继续埋伏在原地，另一路由龙龙率领赶往仙女庵。

到仙女庵后，队伍四散埋伏。龙龙一人挑着柴火走进庵内，见母亲端坐在蒲团上念经，此外别无他人。龙龙装着没事似的，向母亲询问戴笠来时的情况，从中得知母亲并没有向戴笠泄露一丝真情。

那么究竟是怎么回事呢？

原来戴笠抵达仙女庵，只身进入庵内。当他看到立在观音菩萨前迎候他的大姑时，不由得眉头一蹙。他见大姑比起数年前，瘦了好多，眼角上露出了几条细细的纹路，眼睛周围圈着一层黑晕，目光里隐含着一丝哀凄和忧惶……凭着特有的敏感，戴笠猜到大姑定是遭遇了什么不幸。于是，他目光阴冷地问道："呃，你，身体不好？"

"噢，不，不，没有。"大姑有点慌乱，赶紧转身沏茶。

戴笠坐在木椅上，边喝着茶边审视着静坐一边的大姑。突然，他想起了什么，问："你的那位养子呢？上次来也没见到他。"

大姑低声回答："唔，他上山砍柴了。"

沉默了片刻后，她立起身子说："今天是不是能早点完香？"

"为什么？"

"我、我担心孩子回来得早……"

戴笠眯着眼，沉吟片刻，点了点头。大姑忙洁手净案，烧香点烛，忙乱中"砰"的一声，碰翻了一台蜡烛；在念佛时，戴笠又发现大姑神色恍惚，佛经念得常常打顿。大姑这一系列反常举止，使狡诈多疑的戴笠嗅出了不祥之味，于是，他在庵里匆匆待了两个时辰便下山了，并且改变行程取消了官溪之行。结果，这条老狐狸捡了一条命。

刺戴计划的落空，使决死队的队员们个个气得呼呼叫，尤其是龙龙，又蹬足又挥拳，足有两天不食不眠，躺在床上直喷粗气。

正当队员们懊丧之极时，派出的情报员前来报告说，戴笠一行驻扎在江山城县党部，看阵势要逗留一段时间。

这个消息无疑给决死队打了一针振奋剂,他们当即决定要尽一切努力,继续刺戴计划。但在献策会上,众说纷纭,想不出一个比较一致可行的主意。这时,龙龙却一言不发,埋着头一个劲地抽烟,抽了一会,突然甩掉烟头,站了起来,语调深沉地说:"我有法子了,这个任务我一个人就能完成!"接着,他如此这般地说了自己的主意。

众人一听,先是感到一阵惊讶,但再看看龙龙那坚决而有信心的眼神,还是同意了他的要求。经过仔细策划,一个新的刺戴计划形成了。

这天晚上,龙龙回到仙女庵,神情黯然地对大姑说:"我被游击队开除了。"

大姑一听,惊得目瞪口呆。平心而论,龙龙脱离兵家正是她梦寐以求的事,可是今天龙龙真的脱离了游击队,她又感到是自己的罪过所致。自从她向龙龙道出真情后,她发现龙龙变了,脸庞日渐消瘦,整天缄默不语,甚至很少正眼看一下她。这一切,使大姑的心像被刀子绞了似的疼痛,她悔恨自己所做的一切。可是过去的一切又无法挽回,唯有在菩萨面前千遍万遍地忏悔。此刻,看着神色颓然的龙龙,她能说什么呢?她叹了一口长气,举手颤巍巍地抚摸着龙龙的头发,半晌才怯怯地说:"是妈不对。你……今后打算怎么办?"

龙龙沉吟片刻,把头一仰,决然地说:"妈,我去找那位姓戴的。"

"你?"大姑的手像触电似的缩了回来,惶恐地说,"难道你还要……"

"不,我不是去找他算账的。怎么说,他也是我父亲。此地不留爷,自有留爷处。好男儿志在四方,在他身边,我也可以有番作为!"

大姑被这突如其来的事震得痴呆呆地望着龙龙:龙龙说的

话难道都是真的吗？哦,如果这一切都能变成现实,自己这辈子的罪孽算是到头了……可是前景究竟是好是坏、是凶是吉呢?

一整夜,大姑面朝观音坐在蒲团上,纹丝不动,仿佛一尊塑像。龙龙陪坐在大姑身边,静静地聆听着她的念佛声,目不转睛地凝视着她……

在一个天气晴朗的早晨,龙龙身穿蓝色绸衫,头戴礼帽,肩挎一只黑色布包,来到国民党军统特务的第二个巢穴——江山县城。又凭着大姑给戴笠的书信,通过三道岗哨,来到了国民党县党部的辕门外。龙龙抬头一看,只见这是一座四合院结构的古建筑,四周高墙上布着电网,四个墙角内筑着塔形碉堡。龙龙向全副武装的卫兵扫了一眼,从上衣口袋里抽出一个信封,递上去,威而不露地说:"请把此信呈给戴老板,我要见他。"

卫兵接过信,见信封上写着"呈戴春风亲启"六个娟秀的墨字,顿时哈腰说了声"是",便拿着信,转身走进了辕门。

过了一顿饭的工夫,送信的卫兵快步跑了出来,他身后跟着一位仪表堂堂的中年军官,这个军官便是戴笠的贴身副官贾金南。贾副官上下左右打量了一下龙龙,冷冷地说:"先生,身上可有家伙?"

龙龙摇摇头,半举着双手。贾副官熟练地在他的身前、身后摸了一遍,一偏头说:"走。"

龙龙跟着他穿过阴森幽静的大院,来到正房一侧的内房门口。贾金南示意他止步,拎着龙龙的黑布包,进了房间,不一会儿,出来淡淡地说:"请进。"待龙龙走进房里,门悄悄地掩上了。

这是个二十多平方米的办公室,地上铺着绿绒地毯,房的四周摆着中西杂合的器具,右墙一排公文柜,柜前有一张大书桌和皮面靠背软椅,正墙有扇落地窗,窗的左侧有个酒柜,书桌的对面是长沙发和长茶几,沙发上头的墙上挂着蒋介石的标准像。

房内空无一人,使人感到有一股阴森逼人的寒气。龙龙再想仔细观察观察,突然右墙角的一扇门无声地开了,紧接着,就听到"嘿嘿嘿"一声冷笑,把龙龙笑得汗毛根根直竖。

龙 剑 出 鞘

龙龙稳稳"怦怦"发跳的心,定神一看,只见一个中年男子突然出现在门边。只见他上身穿着夏威夷白衬衫,下身着栗色呢料背带裤,中等个,姜黄色马脸,细长的眼睛里含着咄咄逼人杀气。他反剪着手,迈着八字步,踱进了房间,在距龙龙五步远的地方站定下来,目光阴冷地审视着龙龙。

不用介绍,龙龙明白此人就是戴笠,霎时,一股热血直往他脑门上冲,"仇敌、父亲"四个字在他脑海里交错闪现。他的脸烧得像烤着了的火,头上沁出了一层细汗珠。他捏紧拳头,极力控制住微微颤抖的身子。

戴笠缓缓地绕着龙龙转悠着,俨然像位古董商在鉴别一件"艺术珍品"。他足足转了三圈,才在办公桌前的椅子上坐定,鼻音重重地说:"坐下吧。"

龙龙在沙发上坐下,不言不笑,两眼望着对方。

戴笠点上一支烟,紧绷的脸上露出了一丝不自然的笑意,一边微微点头,一边自言自语地解嘲道:"真是奇迹,难怪你母亲有点反常……呃,除了信,你还带来了什么?"

龙龙默默地将搁在茶几上的黑布包打开,从中拿出一只精致的盒子,起身将盒子放在戴笠的桌上。

戴笠一见盒子,眼睛一亮。他欠身打开盒子,拿出一柄古剑。此剑有一尺长,剑鞘是镀金的,剑光闪闪,寒气逼人。此剑是戴笠送给大姑的信物。戴笠端视了半晌,才将剑放回盒中。他掏出手绢,狠狠地擤了一阵鼻涕,突然脸色一沉,冷冷地说:

"你知道,我会怎么对待你吗?"

龙龙咧嘴一笑,从容地说:"知道,你要送我上西天。"

"唔,"戴笠似乎有点意外,皱了皱眉,"何以见得?"

"你的为人。"

"那你为什么还要来送死?"

"你说呢?"

"我问的是你!"戴笠恼羞成怒,"呼"地站了起来。

"好吧,我说。"龙龙两手抱在胸前,嘴角挂着一丝嘲笑,望着对方悠悠地说,"多少年来,我一直在追寻着一个人。我在心中发誓:一定要找到他。哪怕是一具尸骨! 如果他是个懦夫、痞子,我要骂他、咬他、撕他;如果他是个英雄,我就像条狗一样的跟随着他! 即使被驱赶、宰杀,也心甘情愿!"

一听这话,戴笠一拍桌子,叫道:"好一个狂妄的小子!"说着,他的脸颊一颤,眉峰一皱,渐渐透出了股杀气。他冷笑了一声,说:"你的出现,对我来说,意味着什么?"说罢,"唰"地拉开抽屉,从里面拿出一支锃亮的手枪,对准了龙龙的头部。

面对枪口,龙龙面不改色。他眯着眼,目光凝视着对方,一字一句地说:"打吧。我这条命,对我来说算不了什么。可是对你来说,意味着将失去一条千金难买、忠实无比的'狗'!"

十秒、二十秒、四十秒、一分钟过去了,一丝微笑飞上了戴笠的脸庞,他举枪的手慢慢地放下了,"哈哈,哈哈哈……"他边笑边点头,说,"好小子,有种。有种。好吧,我留你一条命。不过,你必须马上离开此地!"说着,他从抽屉里拿出一本支票本,往桌子上一扔,大度地说:"拿去吧,就算是见面礼了。以后不准再找我!"

龙龙"噌"地站起,仰天一阵哈哈大笑。一瞬间,他收住笑容,两眼望着戴笠,愤懑而凄怆地说:"我,看错人、走错门了! 此地不留爷,自有留爷处!"说罢,一个转身,大步就走。

就在他走近门口的当口,只听得身后一声威严的喊:"站住!你要记住,如果你说了一句不该说的话,做了你不该做的事,我立刻送你下地狱!"随后听见一声电铃响,门开了,贾副官出现在他的面前。

戴笠命令道:"给他办理入伍手续,安排在总务处搞外勤。"

"是!"贾金南一挺身子,随后恭敬地对龙龙说:"请吧。"

这突如其来的变化,使龙龙激动得浑身发麻,压在心中的一块巨石落地了。他周身紧绷的神经和肌肉倏地松弛了,转身笑望着戴笠,一步一步走到办公桌前,捧起古剑匣,轻轻地说:"这个,我能拿走吗?"戴笠绷着脸,微微地点了点头。龙龙朝戴笠鞠了一躬,含蓄地说:"放心吧,我会使你满意的!"

龙龙转身而去,戴笠若有所思地凝望着他的背影。

龙龙办理完手续后,领到了一张蓝色身份证和一套棕色美制士兵服,住进了县党部对面的二层楼兵营。

一晃三天过去了。龙龙除了每天早起同几个炊事兵上街购买食物外,余下的时间就是练唱军统局局歌。他表面上神态自如,可心里急得火烧火燎——刺戴笠的机会渺茫极了。不用说没有接近戴笠的机会,几天来就连戴笠的面也没见着。县党部的门,他只能望而不能进,因为他没有一张灰色的证件。此外,决死队队长说的那位配合他行动的"内线"也没有出现。更使龙龙不安的是,他还发现有人在暗中监视自己的行动。他感到自己低估了戴笠,并意识到将有一场新的考验在等待着他。他暗暗告诫自己:决不能掉以轻心。

果然,第四天一早,他被贾金南带进了县党部戴笠的办公室。

他进门后,猛地看见大姑坐在里面,他的心止不住狂跳起来。

大姑身着浅灰色长袍,头戴绸布紧帽,正襟危坐在沙发上。

她的脸庞显得更加灰白清瘦,眼睛带着黑圈,膝上伏着那只曾经和龙龙形影不离的金丝猴。

戴笠嘴里叼着烟,双臂交叉,脸色阴沉地坐在办公桌的一角上。

龙龙跨前一步,激动地喊道:"妈!"

大姑一见龙龙,她那呆滞的目光忽地活跃起来,她立起身子,颤着嗓音轻轻喊道:"龙儿!"

金丝猴一见龙龙,奋然一跃,"吱吱吱"欢叫着扑了过来。龙龙一手搂抱着心爱的金丝猴,一手扶住了大姑的手臂。他极力抑制住奔涌欲出的泪水,稳了稳情绪,装着不解地问:"妈,你怎么来了?"

大姑擦去眼泪,冷眼望了望正在埋头擤鼻涕的戴笠,揶揄地说:"是这位先生把我绑架来的。我给你的信也罢,古剑也罢,都不能释其戒心,所以才拿我是问。"

"噢?"龙龙装着疑惑地看了看戴笠,说,"不会吧,堂堂的戴局长,怎么会为了我这么个小小的庶民,冒天下之大不韪,绑架一位出家人!"

"嗨嗨,"戴笠尴尬地笑了笑,装腔作势地说,"对,对!你母亲误解了,不是'绑架'而是'请'。唉,我堂堂军统局,难免会出现一些鱼目混珠的事,所以,凡是入伍的人,都要作一番细致的考察。"

"噢,这么说,你还在怀疑我?难怪让我当火头军!"龙龙反唇相讥说,"疑人不用,用人不疑。你怕什么呢?这样的胆魄能成何大业?"

"放肆!"戴笠被刺得跳了起来,他的脸色气得由青变白,由白转红,嘴唇直打哆嗦,一时竟说不出话来。

"龙龙!"大姑一看戴笠的脸色,吓得抱住了龙龙。

戴笠凶狠的目光渐渐变得黯淡了,他垂下眼皮,坐了下来。

大姑一颗悬着的心才算稍稍放下来,她对龙龙乞求着说:"孩子,跟妈回去吧。多少年来妈诵经拜佛,别无所求,为的是求神保护你。无奈你割不断凡心,我也只好由了你。如今,你该觉悟了,跟妈回去吧!"

龙龙僵立着,过了片刻,他仰头长叹了一声:"唉,空有一身胆识却无处投报!哈哈,哈哈哈……"他举起手将头上的军帽摘下,扔在了沙发上,继而又解军衣上的纽扣……

房内安静极了,空气显得格外沉闷,闷得使人几乎透不出气来。

戴笠一直盯视着龙龙。龙龙的一举一动既使他感到恼怒,又使他感到新奇而可爱。他觉得面前这个年轻人有一股无所畏惧的蛮劲,实属少见。当龙龙解完最后一粒扣子时,戴笠突然拍了拍手掌说:"好了,好了!"他笑吟吟地走到龙龙面前,一掌拍在了龙龙的肩上,赞叹地说,"真不愧将门虎子!"说完,他走到办公桌前,揿了揿桌上的电钮。房内右墙的门开了,走出一位亭亭玉立、身穿军服的年轻漂亮的女人。戴笠冲她抬了抬头,说:"把这位师姑送回仙女庵,路上注意安全,不得有误!"

大姑情不自禁地紧紧抓住龙龙的手臂,痴痴地看着儿子。龙龙微笑着点了一下头,轻轻地把大姑的手指一个一个地掰开,嘴唇抖动着说:"妈,多保重。我会按照自己说的去做的!"

大姑垂下了头,抹去泪水,弯腰将蹲坐在地上的金丝猴抱起,对龙龙说:"你留下它吧。你不在,它像掉了魂,不吃不喝,整天整夜地哀叫……"

龙龙接过小猴,装着和小猴亲热,把脸贴在小猴的身上,顺势将滚出眼角的泪珠揩去。然后,抬起头,仿效着大姑平日模样,竖掌闭目,喃喃地念了几声:"阿弥陀佛……"

戴笠木然地望着眼前这对母子,目光忽然变得像雾一样的暗淡模糊了。

金 猴 耍 娇

两天后,龙龙被召到了秘书室,领到了内勤人员才有的灰色证件和一套栗色呢制服,外加一支美制左轮手枪。他被安排在县党部前院的督察室工作,职务:少尉副官。与此同时,形影不离的钉梢也消失了。

这一系列变化,使龙龙如释重负,他开始筹划起行动方案。可是没过几天,他便感到事情并非那么容易。凭证件,他可以自由出入县党部的前院,却无法涉足后院。戴笠又深居简出,行踪鬼黠,稍一露面,就有五六个慓悍机警的卫士前呼后拥地围着他,龙龙纵有三头六臂也难以施展。

这天,龙龙为了排遣烦恼,带着金丝猴到城里的"夜来香"酒店喝酒。当他快要走进酒店门口时,突然身后有个人擦肩而上:"跟着我。"对方边说话,边止住脚步抬头打量了一下店面。

龙龙一愣,见对方穿着军服,周围又无人,心里不由一喜,意识到对方可能是自己日夜盼望的"内线"。

那人脱下大檐帽,用手理了理头发,侧脸瞥了龙龙一眼,便抬脚走进酒店,龙龙赶紧跟上。

酒店内是一排三间房。第一间是普通酒室,摆着简易的方桌板凳,此时刚开业,只有几个食客散坐在桌边,吃着豆腐干、花生米下酒;第二间是雅座,陈设较讲究,还无人光顾;第三间是酒家老板——寡妇李大娘同她当招待的女儿住的卧室。

龙龙跟着那人走进雅座,那人喊了声:"老板娘,来客啦!"

"来啦!"随着应声,从第三间屋里走出一个衣着整洁、满身富态的女人,她笑盈盈地说:"唷,是周队长啊,真是贵客临门啊!"

周队长一拱手说:"恭喜发财啊!"随后侧身向龙龙摊了摊手掌,介绍说,"老板娘,这是我新结交的知己,王副官。我们想尽心叙谈叙谈,借你的贵室行呗?"

李大娘连声说好,忙将两人让进了卧室。

桌子摆在屋中央,上面已摆好了四个碟子,两个酒盅,一瓶酒,看来是早已准备好了的。周队长招呼龙龙在桌边坐下,然后,向李大娘使了个眼色,李大娘点点头,退了出去,随手将房门关上了。

趁周队长倒酒时,龙龙仔细打量了一下对方,只见他三十多岁,矮小精瘦,五官细小,乌黑的眼珠烁烁发亮,腰间束着皮带,刚强麻利之外,还给人一种整齐端正的印象。周队长放下酒瓶,举起酒杯,笑微微地望着龙龙说:"尽此一报身。"龙龙忙端起酒杯,微微笑地回道:"同往极乐园。"

这是接头暗语。两人会意地点点头,一仰脖子将杯中的酒一饮而尽,两双手紧紧地握在一起,彼此眼中闪烁着激动的光芒。尤其是龙龙,眼圈都红了。

"龙龙同志,让你久等了!"周队长歉意地说,"早就想和你联系,但是,'狗'钉得你太紧。"

龙龙点点头,问:"你的公开身份是?"

"县公安局的刑警队长。"

"这么说,我们同在一个'贼窝'啊。"龙龙风趣地说。

周队长笑了笑,随后压低嗓音说:"现在的任务越来越艰巨了。据了解,戴笠同美军上校梅乐斯制定了一个'东南剿共计划'。这个计划关系到东南地区成千上万爱国志士的生命。因此,决死队指示我们要改变行动计划,首先是窃取这份情报,而后再执行刺戴任务。必要时,宁可放弃刺戴计划,也要完成窃取情报的任务!"说到这儿,周队长顿了一下,郁悒地说,"我的任务是长期隐蔽,不到万不得已时不能暴露。所以,你的担子非常沉重!"

"嗤",龙龙倒吸了一口气,眉毛渐渐拧成了疙瘩。两人使劲地吸着烟,烟雾在屋内弥漫开来。

"目前我只想出了半个法子。"周队长将烟头揿灭,把碗碟往桌子一边移了移,从口袋里拿出一张图纸,铺在桌上。龙龙忙起身观看,见图纸上画着一幢二层楼平顶小洋房,洋房设在一个马蹄形的小山坳里,洋房和山坳之间筑有高墙,洋房的正面临江,左右和后背是陡直的山坡,山的后面是公路。

周队长说:"这座洋房建在城尾,是戴笠的秘密住宅,晚上戴笠就住在这儿。据分析,那份计划很可能放在这里。"

"你的意思是潜进洋房?"

"对。不过只能秘密行事,不能蛮干,这儿防守特别严。"

"怎么进去呢?"龙龙急切地问。

"有办法进去。我的伯父是建造这幢房子的工头,据他说,这幢房子里有个秘密下水道,一头通洋房的院子,另一头通江里。"

"你是说,我们从江里钻进下水道?"

"对。"

"可是又怎么拿到计划呢?"

"唉,难点就在这儿啊!"周队长挠了挠头,自言自语地说,"那份计划照理应该放在这座楼的办公室或戴笠的卧室。问题是我们能进楼,但没法进办公室和卧室。"

"偷钥匙!"龙龙脱口道。

周队长苦笑笑,说:"戴笠办公室和卧室的钥匙只有他本人和赵霭兰有,没有第三个人有啊。"

"赵霭兰是谁?"龙龙不解地问。

"她是戴笠的贴身秘书,哼,名为秘书,实为姘妇。"周队长鄙夷地摇了摇头。

龙龙马上想起了母亲大姑来时，在县党部戴笠办公室里看见过的那个娇美的女军官。他的脸不由一红，紧吸了几口烟，眼珠一转说："瞅个机会，绑架那个女人。"

"难啊。"周队长摇摇头说，"那女人几乎寸步不离戴笠。"

"我就不信。两张嘴皮还有分开的时候，何况是两个大活人！"龙龙执拗地说。

"那倒是。"周队长点点头，"要说离开，只有一个时候，赵霭兰有个钓鱼的嗜好，有时晚饭后，会在洋房附近的江边垂钓。不过，那个地方根本不能动手。再说，只要她一失踪，马上就会被察觉，这个主意我也想过，根本不行啊。"

龙龙和周队长陷入了沉默之中。他们闷闷地咂着酒，吸着烟，焦虑和烦恼，使得他们全身发燥。"嘀嗒嘀嗒"房里的座钟声毫无顾忌地响着，门外隐隐传来了嬉笑声和猜拳声，显然酒客越来越多了。

周队长警觉地收起图纸，摆好碗碟。

一直蜷卧在龙龙脚边的金丝猴饿得耐不住了，立起身子将手伸进主人的口袋里拿吃的。龙龙从口袋里掏出一把玉米撒在地上。也就在这个时候，突然一个念头从他脑海里闪过。他凝思片刻，心里忽地一亮，禁不住一拍桌子，高声叫道："有了！"

周队长一惊，忙把手指放在嘴边"嘘"了一声。

龙龙吐了吐舌头，抑制住激动的情绪，压低嗓音如此这般地说了起来……

周队长听着听着，笑得嘴角越拉越长，等龙龙说完，他忘情地抓住龙龙的手，欣喜地说："龙龙！真有你的！好，好主意啊！"

两人又仔细地筹划了一番后，龙龙兴致勃勃地一举酒盅，说了声："干！"两人把杯中的酒全部倒入口中。

第二天傍晚，太阳落山了。朦胧的暮色从江岸边伸展到江上，水由浅绿色变成铁青。此时，江的四周异常宁静，空气凉爽宜人,三三两两的军人有的在江边漫步,有的坐在岸上谈笑观景。

龙龙左肩上蹲坐着机灵可爱的金丝猴,右臂上搭着军上衣,悠悠地来到了洋楼附近的江边。他表面上像在欣赏江景,实际上,机警的目光从眼角处暗扫着江岸。不一会儿,他的目光停留在五十米处一位风姿绰约的女郎身上。

那女郎坐在江边的一块方石上,长波浪的黑发盖住了后颈,面朝江水,两手托腮,脚前有两根细长的钓鱼竿直伸江里。

龙龙漫步向那位女郎走去。

鱼竿上的浮标在微微地晃动,渐渐下沉江底,赵霭兰的眼睛却凝视远方,似乎陷入了梦幻之中,直到一只胳膊突然在她眼前出现时,她才一动身子,从幻梦中惊醒。她见自己的一根鱼竿被人高高地提离水面,出水的鱼钩上跳跃着一条鳞光闪闪的大鲫鱼。赵霭兰先是一怔,随后又一喜,高兴地叫了起来:"啊,大鱼!大鱼!"龙龙把鱼从鱼钩上拿下,放进半浸在江里的鱼篓里,边擦着手,边笑吟吟地望着赵霭兰说:"赵小姐,像你这样钓鱼,恐怕连鱼竿都保不住唷。"

"噢,是你啊……"赵霭兰似乎想起了对方是谁。她嫣然一笑,红晕飞上了面颊。

"真没想到,赵小姐这么个大忙人还有这般雅兴。"龙龙顺势坐下来,将鱼饵装上,手臂熟练地一挥,鱼钩划着弧圈飞向江里。

赵霭兰飞了龙龙一眼,笑着说:"王副官不也是个大忙人嘛。"

"我有啥忙的?"龙龙装着不解地一愣。

"唔。不久的将来你会比我更忙啊。"

龙龙立刻明白了对方的语意,故作谦虚地说:"哪里,哪里,今后还要靠赵小姐多关照噢!"

"那你,也要多关照我唷……"赵霭兰娇柔地将了将鬓角的长发,含情地向龙龙瞟了一眼。

龙龙将肩上的金丝猴放下,拍了拍它的小脑袋,故作多情地说:"小宝贝,你说赵小姐长得漂亮吗?"

金丝猴蹲坐着,偏偏脑袋,一本正经地打量了一下赵小姐,而后连连点头,那副滑稽的神态逗得赵霭兰"咯咯"地笑了起来。

龙龙诙谐地说:"好,有眼力!给你个奖品。"说着从口袋里拿出一小包牛肉干,递给金丝猴。

"我也奖你一个。"赵霭兰乐滋滋地从上衣口袋里摸出一块巧克力。

金丝猴接过巧克力,咧嘴一笑,两手一合,向赵霭兰作了个揖,又举手敬了个礼。

"咯咯咯……"赵霭兰笑得浑身打抖,情不自禁地把金丝猴抱在了怀里。

金丝猴熟练地剥着巧克力纸,津津有味地吃了起来。

一切在照计划进行,而且比想象的还顺利。龙龙瞥了一眼赵霭兰微微鼓起的上衣下摆处的口袋。根据赵霭兰刚才拿巧克力时发出的声音,他断定钥匙就在这个口袋里,龙龙心中暗喜。关键的时候到了,他看见金丝猴吃完了巧克力,便吹了声口哨,飞速地向它使了一个眼色。

金丝猴倏地从赵霭兰的怀里跳出,敏捷地把手伸进了赵霭兰鼓起的口袋。就在赵霭兰要用手捂口袋的当口,它的手已经离开了口袋,那小小的手掌上握着一块巧克力和一串系着金链的钥匙。

龙龙激动得脸都红了,但他故作生气地斥责金丝猴:"馋鬼,快把东西还给赵小姐!"

赵霭兰兴致勃勃地说:"不用,小猴乖,把钥匙给我就行了。"说着把手伸向金丝猴。

不料那金丝猴敏捷地一跳,撒腿就跑。

龙龙气得一拍大腿站了起来,骂道:"这小子又撒野了!回来,回来!"他边喊边向金丝猴追去。

金丝猴连蹦带跑,一下子钻进了距江边三十米处的茶树丛里。

五分钟后,龙龙把金丝猴从树丛里找了出来,拉着它来到赵霭兰身边,板着脸,拍了一下它的头,说:"快,把东西放回原处!"

金丝猴顺从地把巧克力和钥匙放进了赵霭兰的口袋。

龙龙又拍了一下金丝猴的头:"快,向赵小姐赔礼!"

金丝猴一手摸头,一手揉着眼睛,可怜巴巴地向赵霭兰弯了弯腰,那副委屈的神态真像个孩子。一直抿着嘴偷笑的赵霭兰再也忍不住了,"扑哧"一声笑出了声,笑得直不起腰。

龙龙抑制住兴奋的情绪,深深地吸了一口清凉的空气,心里感到一种从未有的轻松和欢欣。

血 洒 洋 楼

夜风呼啸,暴雨犹如一条条黑鞭扑向大地,洒进江河。夜深了,戴笠居住的那座小洋楼窗户里的灯光,一个一个熄灭了。只有两道灰白的探照灯光不时地在洋楼周围扫射着。

下半夜一时左右,距洋楼两百公尺的江边,出现了两个人,他们便是龙龙和周队长。

此刻,他们身子埋在江水里,时停时续地朝洋楼方向慢慢地爬行,足足花了一个小时,才爬完了两百公尺的路程。当他们的身子卧在一只圆形硬物上时,他们作了稍事休息,然后,两人深深地吸了一口气,潜进了水里。

下水道长一百公尺,直径八十多公分,由低而高呈斜坡形从江里伸向洋楼。

龙龙和周队长在水道里潜泳了近二十米,才离开水面,又匍伏爬行了半个小时,终于到了一方开阔处,在他们头顶上方,有一个横条孔的水泥方盖。

周队长爬在龙龙肩上,两手举起,使劲顶开方盖,将头探出洞外,借着探照灯的余光,见院里无一人影。除了从洋楼平顶上传来哨兵"咔咔咔咔"的脚步声外,全是风声、雨声。

周队长感到时机很好,便两手一撑,跃出了洞口,龙龙也跟着爬了出来。两人辨别了一下方位,贴着墙迅速来到了楼道口。

他们确定楼道里没有人后,闪身进去,踩着松软的地毯轻手轻脚上了二楼。

凹字形的二楼共有五个房间,正面是客厅和办公室,右面是戴笠的卧室,左面两间是卫兵的住房。也许是戴笠认为这儿太保险了,二楼竟连一个哨兵都没有。

龙龙和周队长迅疾来到办公室门口,周队长轻轻地拿出一串钥匙,打开房门,两人闪身进屋。

周队长从口袋里拿出微型电筒,借着电筒光,看到这是个客厅,在客厅的一角有扇蒙着皮革面的门。他们试着钥匙,终于打开了第二扇门。

房里的中央是一张特大的红木办公泉,右墙立着一只高大的金属保险柜,左墙是一排琳琅满目的食品柜。

他们查看了桌上的公文夹,没有发现所要的东西,就来到保险柜前。

他俩小心地避开了装在拉手上的报警器,找了把合适的钥匙插入锁孔,然后耐着性子,慢慢地拨弄着柜上的号码盘。

时间在飞速地流逝,外面的风雨也渐渐小了,豆大的汗珠顺着周队长的脸庞一滴一滴地往下掉,龙龙拿着电筒的手也紧张得微微发起抖来。

终于,柜门松动了,打开了。《东南剿共计划》的卷宗赫然跃入眼帘。两人顾不得高兴,忙从塑料袋里拿出美制微型照相机,快速地拍摄起来。

十分钟后,他们退回到客厅。第一次任务完成了。

下一步是刺杀戴笠。按照原定步骤,这个任务由龙龙单独执行,而且为了确保《东南剿共计划》安全送出,要等周队长潜出洋楼后,才能动手。

周队长望了望窗外灰白的天色,担忧地对龙龙说:"我看,还是明天再来吧。"

"不!"龙龙决然地说,"机不可失。按原计划进行!"

"那,你要多加小心!"周队长紧紧地握住龙龙的手。突然,一丝不祥的预感在周队长的脑际升起,他发觉龙龙的手在哆嗦,而且冰凉冰凉的。周队长迟疑了一下,说:"龙龙,还是你带照相机出去,我留下。"

"不行!"龙龙断然地摇了摇头,"你的任务更重,放心吧,我一定完成任务!"

周队长忧虑地看着龙龙。他明白龙龙此时的心情,刚想再劝说,龙龙已将客厅的门打开了,不容置疑地向他摆了摆头。

周队长捏了捏龙龙宽阔结实的肩膀,一咬牙闪出门外,消失在楼梯口。

龙龙背靠着墙,合目伫立着。一刹间,他觉得头特别沉重,神志有点昏然,整个身子像是在往一个深渊里沉。恍惚中,龙龙似乎看见决死队的队员们欢呼着向他跑来……他忽地睁开眼,晃了晃头,精神顿时一振,贴着墙壁走出客厅,蹑足来到戴笠卧室门口。门被他悄悄打开了。

龙龙走进卧室,一股幽香扑鼻而来,阵阵唿哨般的鼾声刺入他的耳里。他右手握着锋利的龙剑,左手拿着微型手电筒,在微弱的光照下,看清了左边靠墙有一张席梦思大床,床上铺着天蓝色缎子被,被子在均匀地起伏着,被子里有个半露着头的中年汉子,长长的马脸泛着青光。

望着这个双手沾满鲜血的魔王,龙龙顿时热血沸涌,他一步一步地向床边走去。到了床边,他怔怔地望着那张马脸,咬紧牙关,慢慢地举起了龙剑……

突然,在他的耳边仿佛有个声音在喊:"不能啊!不能啊!孩子!……他、他毕竟是你的生身父亲呀!"

龙龙迟疑了,举在空中的手臂僵住了。然而,一瞬间的工夫,另一个更激奋的声音在他耳际轰响:"不,他不是你的父亲,而是你我不共戴天的仇人!你一定要为民除害,以祭天下死不瞑目的英灵!"

终于,龙龙一咬牙,举在空中的手臂闪电般地挥落下来,一道寒光直刺卧在席梦思床上的马脸汉子。

只听见"扑哧"一声,龙剑穿透被面,折断胸骨。

"啊——"随着一声嚎叫,被子里的人猛地一搐,身子曲成了一团。

刹时,龙龙僵住了。他曾杀死过凶恶的豺狼虎豹,但却从未杀过人!更何况被杀的是他的父亲……

"呜——"尖利的警报声划破夜空,洋楼上下响起了"咚咚咚"杂乱的脚步声和"抓刺客"的惊叫声。

龙龙如梦初醒,赶紧举起龙剑,再次向被窝里的人刺去。

就在这时,龙龙的身背后,一道门似的墙悄悄移开了,一条手臂从墙里伸出来,一支锃亮的手枪对准了龙龙。

龙龙毫无察觉。

"砰砰砰"有人在撞门了,龙龙收起龙剑,刚想转身往窗口处跑,"砰——"枪响了!

龙龙的身子一震,两脚站立不稳,向前颠了一步,他的胸口像被烧红的针刺进似的剧痛。

龙龙想转过身来,看一看是谁开的枪,可是,他眼前仿佛有无数的金星在闪跃,周围的一切都在剧烈地摇动着,似乎大地即将崩毁。他伸开双臂,像要拥抱什么东西,可是那铁一般的身躯随后就"扑通"一声沉重地倒在地上了。

与此同时,"咚——"房门被撞开了,卫士们一窝蜂地闯了进来,房间灯也"刷"地亮了。刹时,他们呆住了,只见墙角处的暗门敞开着,戴笠身着睡衣,木然地伫立在门口。

此时的戴笠就像刚从地狱里钻出来的魔鬼,他头发蓬乱,脸色铁青,呆板的眼睛瞪得大大的,惊惧地望着倒在地上的刺客。

"啊,是王副官!"不知谁叫了一声。

"叭"的一声响,戴笠手中的枪落在了地上,只见他浑身发抖,步履艰难地走到龙龙的身边。他的牙齿在"嗒嗒嗒"地打战,脸部的肌肉像被火炙烫着似的抽动着。

猛然,有个卫兵惊叫道:"呀!王副官动了!没死!没死!"谁知他话没落音,"叭"脸上就被重重挨了一记耳光。戴笠目光凶狠而阴凄地盯视着卫兵们,从齿缝中挤出一声吼叫:"滚!都给我滚!"随后神经质地"哈哈哈"狂笑起来。笑声像鬼哭,似狼嚎,使在场的人无不毛骨悚然,赶紧莫名其妙地退了出去。

卫兵们退出后,戴笠"扑通"一声跪倒在地上,伸出颤抖的手,抚摸着倒在血泊中的龙龙。

此刻,栽倒在地上的龙龙还未气绝,他只觉得自己悠悠荡荡回到了决死队,同志们在向他祝贺,朝他欢呼。一会,他见大姑哭喊着向他奔来:"龙儿,龙儿!作孽呀!你杀死了生身父亲,要下地狱的呀!"龙龙嘴蠕动着,想对大姑说什么,忽然,他看到眼前出现了一张发青的马脸,呀!他没有死?完了,一切都完了。龙龙只觉得心脏一阵剧痛,张眼怒视着那张马脸!

戴笠试试龙龙的口,摸摸龙龙的心,确认他已气绝了,便用手将龙龙怒睁的双眼合上……

戴笠怎么会没被刺死呢?

原来,那个被龙龙刺杀的是戴笠的替身,他的表兄毛权。毛权长得和戴笠几乎一模一样,口音和举止也很相同,只是年纪稍大些,略显得老一点。戴笠因天天杀人,所以也时时提防别人杀他。当他表兄从家乡来重庆找他谋事时,他一下便看中了这个替身,将他留在身边,用来当替死鬼。他让毛权穿和他同样的服装,外出时,两人同坐一辆车,同住一套房。这次到江山也是如此。他让毛权同他住在洋楼的同一套房里,自己住在里间,把毛权安排在外面。这一秘密,连周队长也不知晓。结果,使这个狡诈的魔鬼又一次逃脱了惩罚。

在龙龙牺牲的第二天清早,决死队赶到了仙女庵,打算动员大姑离开庵堂,然而大姑却执意不肯。

第三天,当善男信女们来到仙女庵朝拜时,发现大姑面朝观音,盘腿坐在蒲团上,已瞑目仙逝了。她面目清秀如生,身上还飘散出阵阵幽香。

人们争相去看,叹为稀有。傍晚时,善男信女们按照佛规,在大姑周围架起了木柴,点火将大姑焚化。红光白烟,烧了整整一夜,待火燃尽时,没有留下一点遗骸……

(夏国强　柯振生)

力量不是体力的代名词,真正的力量是由坚忍不拔的钢铁意志产生的。

绑架的背后

蒙 面 怪 客

1948年10月的最后一天,浓重的夜色笼罩着上海。市西区一条宽阔的林阴路拐角处的镂空高墙内,有一座颇具江南风味的花园,当中耸立着一幢石砌的堡垒式洋房,花园四周,全是一株株梅树。熟悉上海风情的人都知道,此处产业叫梅园,这里便是赫赫有名的号称丝绸航运大王冯秉祥的公馆。

今天晚上,梅园不像往日灯火辉煌,显得异常安静。

原来,今晚金融巨头金昌诚在国际饭店为女儿举行婚宴,冯家的人大多去吃喜酒了。冯秉祥推说身体不适,没有去,此刻正坐在卧室的丝绒沙发上,看着《市林西报》。

这位实业家五十多岁,身材不高,面容清癯,然而他那鹰隼似的双眼却熠熠有神。凭着这双眼睛,他在三十年前瞅准了时机,在上海创办了一批工厂,经营丝绸业,成为国内外有影响的产业巨头。

可是今天,他那眼神却显得那么忧郁黯淡。他无精打采地放下报纸,燃起一支吕宋雪茄,把头靠在沙发背垫上,他想利用这难得的静夜,把近来日益烦恼忧虑的心绪清理一下。他综合报上的那些消息,得出的结论是:国民党兵败如山倒,共产党接管政权势在必行。眼下,有些要人都在暗渡陈仓,"曲径通幽"了。而他这一大摊子该怎么办?他思虑的焦点是:走,还是留?

虽说,他姓冯的在抗战时期暗中支援过苏北的新四军,也曾利用自己的金钱和影响,救过共产党的几位要人。两个月前,有个自称扬州商会派来的人,居然给他捎来了陈毅司令员的口信,明示了共产党对他冯秉祥的政策。但是,他并不希望共产党取得政权。他是美国哈佛大学的高材生,年轻时读过《资本论》,知道共产革命的最终目标就是消灭私有制,他本人是革命的对象。既然如此,留,又有什么希望?

大前天,他以前的亲家金昌诚突然来看他。寒暄一番之后,金昌诚谈到当前的形势,极力怂恿他抽走现金,转移资产,去南洋一带合作开办银行和工厂。

精谙世道的冯秉祥意识到,这是金昌诚觊觎他的资财,打他的主意。对此,他本可婉言拒绝,但他深知金昌诚在南京有很硬的后台,手下还有十多个流氓打手。所以,当金昌诚亲口向他提出合作要求时,他就不能不苦心思忖了……

此刻,他的眉心拧成了疙瘩,从沙发上站起来,反剪着双手,烦躁地在卧室内来回踱步。

就在这时,突然一辆黑色的"福特"牌轿车"嘎"的一声停在梅园铁门前。车门开后,三个戴着墨镜、身穿军装的汉子钻出汽车,一个夹着公文皮包的人走到门柱旁,抬起手按了一下门铃。接着门里传出一阵猛犬的吠声,冯家保镖二贵,赶忙拉开门上那一尺见方的瞭望窗,用尖利的眼神扫了一下门外的三个人,冷冷地问:"哪里来的?"

那个夹着公文包的人说:"警备司令部,有要事面见冯先生。"说着递进一份蓝色封面的身份证。

二贵仔细地审视了证件后,还给对方,喝住了猛犬,把沉重的铁门拉开一人宽的缝道,等三人进来后,又将铁门关上,带着他们向堡垒式的洋房走去。

"哪里来的?"随着一声喝问,一个敞着玄色短袄,腰插短枪,光头、圆脸、络腮胡子的彪形大汉,出现在洋房门廊的台阶上,他是冯秉祥的贴身保镖张金彪。

二贵说:"警备司令部的,有要事面见老爷。"

张金彪心中暗想:这么晚了,院里只剩下几个人,还是防着点好。便说:"请诸位稍候,让我进去通报一下。"

哪知,他刚转身,突然寒光一闪,一枚钢镖插进他的后背,他惨叫一声,倒在地上。二贵惊得刚要掏枪,又寒光一闪,另一枚钢镖也插进了他的后背,他一声惨叫,倒在血泊里。立刻,那三个人抽出手枪,跳上台阶,冲进廊门。

张金彪挣扎着,颤抖着手拔出了腰间的短枪,使出最后一点力气,朝着花园上空扣动了扳机,"砰!"清脆响亮的枪声划破了宁静的夜空。

正在踱步的冯秉祥听到枪声大吃一惊,紧接着外面已传来了猛烈的撞门声,冯秉祥慌忙朝里间走去。

他家有一间应急用的密室,那门是用一寸多厚的钢板制成的,里面有一条直通警察局的电话线。冯秉祥急步走到墙边,一揿密室的暗钮,那墙便徐徐分开,露出钢门。他刚迈步进门,突然从密室里走出一个持枪的蒙面人。

这个蒙面人举着手枪对准冯秉祥,低声命令道:"快去把门打开!"

在手枪的威逼下，冯秉祥只好转身走到外间，把门打开，那三个人一下拥了进来。

夹公文皮包的人晃了一下手里的枪，说："请冯先生跟我们走一趟！"

冯秉祥毕竟是经过风雨、见过世面的人，他很快从惊恐中醒悟过来，明白眼下发生了什么事情。他想：去吃喜酒的人就要回来，一定要拖住他们。于是他定了定神，用一种平静而客气的语调说："诸位请坐，有什么了不得的事非要我走一趟？难道就不能在这里商量？"

谁知，他的话音刚落，两个人走上前，用钢钳般的大手夹住了他的双臂，用毛巾塞住他的嘴巴，蒙上眼睛，连拖带拽把他塞进停在铁门口的福特汽车"呼"的一声飞驰而去……

死 尸 传 信

就在冯秉祥被匪徒绑走那当儿，他的儿子冯振华在参加国际饭店金家的婚宴后，没有当即回梅园，却驱车去了东亚饭店。

原来这位公子哥儿在这里租了一套上等房间，经常与他的情妇张宛宜幽会。张宛宜是他妹妹冯佩华高中时的同学，是一位俊秀而又温顺的姑娘。冯振华推门进去，见身穿睡衣的张宛宜越发妩媚动人，便扑过去搂着她的纤腰，尽情地吻起来。

就在这时，只听"笃笃笃"传来轻轻的敲门声，冯振华不高兴地问："谁？"

"我。大少爷！"

他听出这是他家方管家的声音，不禁吃了一惊，猜想肯定是家里发生了什么重大的事情，不然，这位胆小谨慎的管家决不会冒失地闯到这里来。

他急忙拉开了门，只见方管家神色紧张，颤颤抖抖地说：

"大,大……"

冯振华大声问:"什么事?"

"老爷被绑架了!"

冯振华一听,真好比晴天霹雳,被震得目瞪口呆。他也顾不得和张宛宜打招呼,就跟着管家慌慌张张走出了饭店。

当他来到梅园的大门口,只见那里停着一溜排警车和摩托车,荷枪实弹的军警,身穿便服的侦探,已经封锁了路口和大门,一群记者被挡在大门外,气氛十分紧张。

冯振华一下车,急匆匆地走进门楼,只见全家人都像木头似的坐在客厅里。

起身迎接他的是警察局稽查处的何处长。看得出,何处长此刻也十分焦虑不安,不过他毕竟是吃了二十多年警察饭的警察油子,善于控制自己。他安慰着说:"大少爷,别着急,我们正在竭尽全力地搜捕绑匪,我想,用不了多久,就可以破案。"

此时的冯振华心乱如麻,随口说了一句:"那就拜托你了!"便颓然地坐下来。

第二天清晨,大街小巷到处回响着报童的叫卖声:"请看《申江日报》咪! 头号新闻! 头号新闻! 丝绸航运大王冯秉祥昨夜被绑架!"

这天,酒楼、茶社、舞厅、交易所……人们都在谈论这条头号新闻。

紧接着是股票市场股票暴跌,警备司令部司令引咎辞职。

南京当局受到了极大的震动,明令新上任的警备司令立即破案。

冯秉祥家人更是惶惶不可终日。

这天已是深夜时分,冯家的客厅里依然灯火通明,家中的女眷、私人秘书、管家全都焦急不安地围坐在电话机旁,神色憔悴的冯振华呆呆地站在窗前,看着窗外。两天来,他派人四出打听,至今没有听到父亲的消息。他知道绑匪为的是钱,迟早会同他来联系。然而,这样焦灼不安地等待,使他感到日子难熬啊。

当落地座钟响了十二下时,茶几上的电话突然"丁零零"响了起来。

冯振华猛地转身,大步走到电话机旁,一下抓起话筒。此刻,客厅里所有的目光都集中在这只小小的话筒上。

话筒里传出了一个男人粗野的声音:"我要冯大少爷听电话!"

"我就是。你是……"

"老子是谁,你就别管了。现在有位先生要向大少爷面交老太爷的亲笔信。"

"哪里会面?"

"苏州河三角地码头二号仓库。要快,要赶在警察前面,这帮蠢驴在监听呢!警告你,你若要和警察局勾勾搭搭,就准备给你老子收尸!"说完,对方"啪"地挂断了电话。

"快!快!"冯振华一放电话,就心急火燎地招呼管家,让他去叫汽车夫。不一会,他带着保镖,急匆匆地钻进汽车,赶往苏州河三角地码头。

冯振华的轿车飞一般地赶到二号仓库门前,那儿漆黑一片,码头上空无一人。

轿车一停下,冯振华在保镖的簇拥下,来到仓库门边,疑惑地盯着那巨大铁门上的"2"字,不敢上前。

一个保镖上前一推,发现大门是虚掩着的。他轻轻一推,门"吱嘎"一声裂了一条缝,里面冲出一股叫人心悸的冷气。保镖打了一个寒战,又使劲一推,门开了。他用手电往里一照,吓得连连倒退几步。原来,手电光下出现一具僵直的尸体。

死者是个老人,他的眼睛朝天瞪着,那双瘦骨嶙峋的手合放在胸间,手下面压着一封信。

这个老头是被绑匪撕了的"肉票"。绑匪的规矩是:他们开价你能照付,就放人回家;只能支付一半,可以领回尸体,他们奉送一口薄皮棺材;一文不付的,就连尸体也领不回。这个老头因为家属无力支付赎款才被绑匪弄死的,因为他愿为冯家送信,绑匪才给他留了个全尸。

一个保镖壮着胆,从死人手下抽出信,交给了冯振华,那信封上写着冯振华的名字。

在手电光的照明下,冯振华双手打颤,拆开了信。

振华儿:

　　见信后速设法筹集六十万美金,以便派人来赎。

父字

×月×日

他刚看完信,门外传来一阵车声和脚步声,随后一群警察拥进了仓库。果然,不出绑匪所料,警察在窃听电话以后赶来约定地点,只是他们晚到了一步。

带队的吴警长一见冯振华就急切地问:"冯少爷,绑匪呢?"

"你问我,我去问谁?"冯振华把信往口袋里一塞,冷冷地说,"此事你们别再插手了!"说完,转身离开仓库,钻进汽车走了。

一　筹　莫　展

接到父亲的信后,冯振华为筹集六十万美金而四处奔走。虽说冯家流动资金没有多少美元,可是有大量的固定资产可以抵押,又有数量可观的黄金储备。然而,他没有料到,所有的银行都说没有那么多的美元,拒绝兑换。他似乎感到其中有鬼,但又无法弄清谁在捣鬼。

冯振华垂头丧气地回到家里,往沙发上一躺,长叹一声,又陷入苦思中,他搜肠刮肚也想不出如何弄到这笔美金,真是一筹莫展。

正在十分焦急不安的时候,忽然,他乱麻般的心里一亮,便快步上楼,敲开了妹妹冯佩华的房门。

冯秉祥的女儿冯佩华,是个文静而秀丽的姑娘,她聪明、持重,虽说是父亲的掌上明珠,但毫无大家闺秀的派头。

自从父亲出事后,她也愁死了。此刻,她紧锁眉头,默默地坐在卧室的窗前,就像一尊玉琢雕像,可心里却像火在燃烧。她在为父亲的命运担心、忧愁,然而一个姑娘家,除了担心忧愁,也是一筹莫展。

她见哥哥进来,忙急切地问:"哥,美金换来了没有?"

冯振华摇头,说:"只换了二十万。那些和我们有关系的银行,都不肯兑换美金给我们。哼,我看是有人巴不得我们冯家垮台!"

"你就不能再去想想办法?"

"现在唯一可以试试的,就是去找金昌诚了,妹妹,劳你一次驾。"

冯佩华一听,脸色沉了下来:"我不去!"

"不管怎么说,以前你和他儿子订过婚约。"冯振华凑到妹妹的耳边,用哀求的口吻说,"好妹妹,我们不能对爸爸见死不救。对于你的婚事,爸爸是对不起你,可是你也应该体谅爸爸,当时爸爸能得罪他们吗? 他这样做也是迫不得已,现在你的未婚夫已死于车祸,对你也是一种解脱啊!"

冯佩华一下把脸埋进自己的双手,她无法控制自己,委屈的泪水不断从指缝里渗出。为了救父亲,她只得往金昌诚家走去。

金昌诚的公馆十分气派。周围有一道三米高的围墙,围着一个几十亩大的花园。西洋式花栏铁门上,装着中式的铜兽环。走进大门,是一个很大的圆形荷花池,池的中间立着一座裸体西洋少女大理石雕像,微笑的少女,抱着一个意大利式的水瓶,四周则放着四个虎视眈眈的麒麟。绕过水池,前面是一幢二层楼的哥特式洋房,在那古门柱上却又别出心裁地雕了两条盘柱昂首、张牙舞爪的苍龙。这种半中半洋,不伦不类的装饰,倒也衬托出这位金融巨头的为人和权势。

金昌诚是个相貌粗俗、身体结实的半百老头。他那有着少许浅麻子的脸上经常挂着骄矜的笑容,他可称得上是个有财有势的风云人物。这时,他正在自己的卧室里,半躺在沙发上闭目养神。

冯佩华被金家佣人引到金昌诚的卧室前,她心里像揣着几只兔子一样,忐忑不安地缓步推门进房。

轻缓的脚步声惊动了金昌诚,他睁眼一看是冯佩华,欣喜地坐起来问:"啊,是佩华啊! 什么风把你吹来的? 快请坐!"

冯佩华坐下后,一时不知该怎么开口,直到金昌诚催问后,才胆怯地开了口:"父亲来信说,绑匪要我们付六十万美元,才能放人。我哥哥只凑了二十万美元,还差四十万想从您这儿借,他愿意把一家丝绸厂作抵押。"

"那倒用不着,我马上叫人去想办法。"

金昌诚如此爽快,倒大大出乎冯佩华意料。她正感到疑惑,猛然发现金昌诚的两眼盯着自己旗袍开叉的腿部,脸上升起一种可怕的淫笑,她顿时又羞又怕,手足无措。

金昌诚本是个老色鬼,经常玩弄和摧残手下的女职员。刚才他根本无心听冯佩华说话,而是不怀好意地打量她。他对冯佩华垂涎已久,只是碍于自己的身份和冯秉祥的社会地位,才不敢下手。如今冯秉祥被绑票,他还有什么顾忌呢?

想到这里,他慢慢地站了起来,把脸凑向她:"佩华,我可看在你的面上,你总得谢谢我才成呀!"

"您……"冯佩华惊恐地站起,颤抖地朝门口退去。然而金昌诚像饿狼扑羊似的朝她扑去,猛地把她按倒在长沙发上……

冯佩华奋力呼叫着、挣扎着、反抗着……

在这紧张时刻,只听"啪"的一声,一只拖鞋狠狠地砸在金昌诚的背上。金昌诚回头一看,是自己那惹不得、碰不起的老婆,吓得赶快直起身子。

"你这条老狗……"他老婆一边破口大骂金昌诚,一边又朝冯佩华"啐"了一口,"骚货!"

冯佩华捂着脸,又羞又恨地冲出了金家花园。

她脸色苍白,满含怨恨,无目的地沿着大街向前走着,她不知道到底往哪儿走。

"小姐,您叫冯佩华吗?"冯佩华突然听到有人叫她,不由一惊,一抬头,见是一位面目清秀、梳着长辫的卖花姑娘,挎着花篮,拦在她的面前。

冯佩华点点头,奇怪地看着姑娘,心想:她是谁? 她怎么知道我的名字?

卖花姑娘开口说:"有个人想见见您。"

"谁?"

"李剑青。"

冯佩华一听"李剑青"三个字,怔住了。她简直不敢相信自己的耳朵,她以为自己是在做梦。

卖花姑娘说:"他要我告诉您,今晚七点他在海燕咖啡馆等您,有事相商。他还希望您对谁也别说。我叫小玉,今后还会来找您。"说完,朝她嫣然一笑,飘然而去。

冯佩华目送着远远而去的卖花姑娘,嘴里不断喃喃自语:"李剑青,李剑青……"

往 事 依 依

说到这位李剑青,他与冯家有着很深的渊源。

他的父亲李保龙曾是冯秉祥的贴身保镖,1932年2月3日那天,日本特务企图暗杀冯秉祥,李保龙机智勇敢地救下了冯秉祥,而自己却伤重而死。

冯秉祥对李保龙感激涕零,于是收留了他九岁的独生子李剑青,让李剑青与儿子冯振华一起读书,还让他习武。冯秉祥培养李剑青,目的是使他成为自己的心腹。李剑青渐渐长大成人,不仅相貌出众,而且有一手百发百中的好枪法,成为一个能文会武的小伙子。六年前冯秉祥派李剑青去扬州收一笔钱,又让他把这笔款子交给一位姓傅的先生,后来冯秉祥才知道,那位傅先生是新四军的干部。

可是,也就是那次从扬州回来的当天晚上,发生了一件极不愉快的事。李剑青来到冯秉祥的卧室,冯秉祥不在,他正要退出来,却被三姨太叫住。

三姨太是冯秉祥的宠妾,长得白净妩媚,这时她身穿粉红色睡衣,倚在沙发上,语言挑逗地对李剑青说:"剑青,你知道吗,你这次去扬州,我替你担心,你是在和共产党打交道。"说罢,她起身,用身体把门挡住,同时,猛地拉开胸襟,露出雪白丰满的胸脯。

李剑青怔住了,骇得不知所措。他用一种近乎哀求的口吻说:"姨娘,你不能这样,你对不起大伯。快让我出去……"

"一个老头子,凭什么可以占有我的青春,他对得起我吗?"

三姨太边说边步步向李剑青进逼,李剑青一再哀求,三姨太毫不理会,她把李剑青逼到了墙角边。

李剑青没奈何,一下拔出腰间的手枪,对准自己的太阳穴:"姨娘,你要不放我出去,我就死在这里。"

"滚!你这个没有胆识的奴才!"三姨太骂了一句,终于放他走了。

李剑青从冯秉祥卧室出来,心里又烦又闷,来到花园里,吸口新鲜空气,不想遇到了冯佩华。

冯佩华和李剑青虽说有主仆之别,然而因从小在一起,倒也有说有笑,十分随便。眼下两人便一边在花园里散步,一边谈心。他们哪里知道,那个三姨太却在暗中瞪着一双燃着炉火的眼睛,牢牢地盯着他们。

就在这天晚上,三姨太在冯秉祥的面前恣意污蔑李剑青勾搭冯佩华以及如何干出越轨的行为等等。

冯秉祥是非常喜欢李剑青这个小伙子的,可是,他毕竟是保镖的儿子,自己的女儿怎么能嫁给他呢? 如成事实,岂不有损冯家的门第?

第二天,冯秉祥把李剑青叫到面前,关心地说:"剑青,你已经不小了,也该成家了。我替你物色了一位小家碧玉,相貌不错,如果你愿意的话,我可以把顺昌路那套房子送给你,等你大学毕业,我再为你安排一个好差使。这样,你在九泉之下的父亲也就放心了。"

李剑青马上明白这种关心的原因。他已经听到了有关他和冯佩华之间的传闻,再加上他和三姨太的那件事,他决心离开冯家。于是,他淡淡一笑:"谢谢大伯的关心。现在我不想结婚,我准备到外地去经商。"

冯秉祥沉吟了一会,说:"也好! 男子汉大丈夫应该到社会上去闯一番事业!"

当天晚上,李剑青整理好行装,准备在天亮之前悄悄地离开冯家。

夜很静,他睡不着,凄凉的月光把室内照得惨白,这一切给他增添了淡淡的惆怅。现在,他突然发现,冯佩华的身影已经占据了他的心间。

应该承认,冯佩华是一位讨人喜欢的姑娘,他早从她那眼神里看出,她对他抱有好感。可是,他总是提醒自己:她是冯府的小姐,你是"焦大的儿子",应该用理智克制自己的感情,不能想入非非。

忽然,"笃笃笃"轻轻的敲门声把他从沉思中惊醒,他忙问:"谁?"

"我!"

他听出是冯佩华的声音,犹豫了一会,还是把门打开了。

"剑青……"冯佩华欲言又止。

"什么事?"

"听说你要离开?"

"是的。你怎么……"

"我要跟你一起去……"

他心里猛地一震,面对着这种真挚的感情,有点不知所措。沉默了一会,他冷静地说:"不行,我要到一个很远很远的地方去。"

"就是到天涯海角,我也跟你去。"冯佩华坚定地说着,动情地扑到他的怀里,抓住他的衣角,"我喜欢你……"

李剑青怔住了。这是他有生以来第一次体会到女性的柔情,这种柔情就像汹涌的波涛,猛烈地冲击着他,他有些支持不住了。

"不!不能这样!"他以极大的毅力,轻轻地把她推开。

冯佩华含着眼泪说:"你讨厌我吗?"

"不!你应该明白,我是焦大的儿子。"

"不,你说的不是真话,不是真话……我要跟你一起走……"冯佩华呜咽着,把李剑青搂得更紧了。

就在这时,"嘭"的一声门被推开,他们吃惊地松开了手。

进来的是怒容满面的冯秉祥和洋洋得意的三姨太。

冯秉祥脸上的肌肉不停地痉挛着,他朝冯佩华咆哮起来:"你给我滚!"

冯佩华捧着脸,羞愤地奔了出去。

李剑青反而平静下来。他觉得,男子汉大丈夫决不能让一个钟情于自己的女人受到委屈,他承担了全部责任:"大伯,这都是我的不是!"

"啪!"李剑青的脸上重重挨了一记耳光。

李剑青转过身,一声不响地拿起行装,走出屋外,出了梅园大门。

久 别 重 逢

李剑青离开上海,到了扬州,经傅先生介绍,去苏北参加了新四军,一晃就是六年过去了。

十天前,他接受领导的派遣,从解放区到上海执行一项任务。就在他打算回解放区时,发生了冯秉祥被绑架事件。

在冯秉祥被绑架的第二天一早,李剑青在一家小客店里,看到报上登的冯秉祥被绑架的消息,当他看到报道的结束语:"据警方认为,当前共产党为了应付战争,极需资金,这起绑票案与共产党地下分子有关……"时,猛地在桌上擂了一拳,愤愤地骂了一句:"卑鄙、无耻!"

他骂声未绝,忽然响起了一阵轻轻的敲门声,进来的是一位打扮入时的年轻妇女。

那妇女笑盈盈地朝李剑青点点头,说:"没想到吧?"

李剑青一看,认出来人原来是扬州傅先生的女儿傅梦霞。

原来,中共地下党上海市委已察觉到冯秉祥被绑架的背后,隐藏着复杂的政治阴谋,考虑李剑青在冯家生活过八年,情况熟悉,就决定把营救冯秉祥的任务交给他,同时派傅梦霞作为市委的联络员,与他保持联系。

这时,傅梦霞从手提包里拿出一支 F_2 美式手枪,交给李剑青,说:"现在市委想知道你的设想。"

李剑青接过手枪,放进内衣袋里,说:"从消息报道中看,冯秉祥是在自己的卧室里被绑架的。据我所知,他的卧室里有一间密室。照理说,他听见保镖报警的枪声,应该来得及躲进密室。可是……"

"你怀疑他家有绑匪的内线?"傅梦霞反应很快,打断他的话头。

"是的。"李剑青说,"我想从这条内线着手,顺藤摸瓜。"

傅梦霞点点头:"市委让我转告你,要竭尽全力援救,首先要保证冯先生的安全。"

李剑青说:"据我分析,这次绑票八成是浦东帮干的。而舆论界却认为是警备司令部方面干的。警察局压力很大。那些官僚买办趁机想侵占冯氏财产,可能会勾结警察局,置冯先生于死地。"

傅梦霞用信任的眼光看看他:"不过,我相信你一定能完成任务的。组织上派林飞虎做你的助手,他对黑社会的情况非常熟悉,一会儿他就来。"

她刚说完,门口传来了一长两短的敲门声。傅梦霞起身开门,门口出现一位头戴礼帽、身穿短衫、粗犷魁伟的大汉。他就是林飞虎。

在傅梦霞的安排下,指派小玉姑娘扮成卖花姑娘,约冯佩华在海燕咖啡馆会面。

海燕咖啡馆坐落在一条幽静的马路上,里面除了大厅,还有几个单间雅座。

李剑青在雅室里刚坐下,就看见一位文静的女人出现在门口。他一眼就认出她就是六年不见的冯佩华。"佩华,你来了。请坐!"

冯佩华瞥了他一眼,默默地在一旁坐下。"你的变化真大,我差点认不出了。"

"你也一样。"

"你父亲的事我都知道了。今天请你来,是想和你商量一下,看看我能帮你做点什么。"

"你不怨恨他吗?"

"过去的事就让它过去吧! 今天,我是代表许许多多关心他命运的人来的。"

冯佩华抬起眼睛,惊异地看着,她没有想到,还有许许多多的人,在关心父亲的命运。

"这些人没有忘记你父亲曾做过不少好事。"

"我父亲对不起你。"

"我也对不起你……"听到这话,冯佩华咬着嘴唇,把脸偏向一边,强忍住泪水,"这几年你在哪里?"

"一个很远很远的地方。"李剑青不想涉及这个问题,马上把话题一转,说,"我想了解一下,你父亲被绑那天,没去参加金家的婚宴,事先有哪些人知道? 我怀疑你们家里有内奸。"

李剑青的怀疑使冯佩华吃惊。当她认真地听完了他那缜密的分析,十分信服。是的,家里肯定有内奸。

"你暂时不要去惊动他们,不然会危及你父亲的安全。另外,希望你能随时把情况通知我。小玉会来找你的。"

就在李剑青和冯佩华交谈的时候,一个又瘦又黑、三十出头的男人走进了咖啡馆的雅座。

这个人叫陈金福,是警察局的侦探头目,今天,他闲得无事,便到咖啡馆来闲逛。他探头往雅座一望,一眼就认出了李剑青就是上司通令要抓的新四军的李科长,顿时喜得暗叫一声:"嘿嘿! 今天老子走运了!"于是,他故意一摇二摆地走到李剑青面前,笑道:"李科长,久违了!"

李剑青抬头一看,顿时一怔。

绑 匪 通 牒

陈金福在发现李剑青时,本想立即退出去打电话给警察局,但当他发现一旁坐着的冯佩华,立即改变了主意。这个特务是个见钱不要命的角色,他觉得在此乱世之秋,钱是最好的东西,什么忠于党国,都是骗人的,有钱才是实惠,因此,他决定抓住这难得的机会,敲敲姓冯的小姐,发一笔财。

于是,他走到李剑青面前,阴笑着说:"嘿嘿,想不到李先生在这里和冯小姐幽会呢!李先生,还记得我吗?"

李剑青也认出了曾经当过新四军俘虏的陈金福,但他不动声色地说:"对不起,你认错人了,我不认识你。"

陈金福立即沉下脸,从怀里掏出"蓝派司",往桌上一甩,说:"那就请李先生跟我到警察局走一趟!"

李剑青泰然地说:"可以。"

冯佩华倒着急地叫起来:"剑青!你……"

陈金福见冯佩华着急起来,便转向她嘻嘻一笑,说:"说实话吧,要是我把李先生带走,可以拿到一千块银洋。不过,看在冯小姐的面上,事情总可以商量。"

冯佩华一听,立即脱下无名指上一只钻戒,放在桌上。

陈金福掂量着钻戒,说:"这位李科长只值一只钻戒?"

冯佩华又脱下金表,递给陈金福。

"对不起,打搅你们了。"陈金福把钻戒和金表装进口袋,站起来,嬉皮笑脸地鞠了一躬,转身走了。

等陈金福走远,她一把抓住李剑青的手,激动地说:"剑青,我早已料到你是那边的人。你快离开上海吧!"

"不,我要等你父亲脱险之后才能离开。"

冯佩华当然希望他能留下,可是,她又为他的安危担心:"那太危险了。"

李剑青充满了自信说:"没关系,我有办法对付他们。"

冯佩华"嗯"了一声,一头靠到了李剑青的怀里。李剑青悄声关照冯佩华,叫她回去注意动向,及时和他联系。冯佩华点点头,依依不舍地和李剑青分手后,回家了。

几天后,冯佩华通过小玉向李剑青报告了一个出乎意料的情况。

事情是这样的:

几天来,冯振华为了筹划六十万美元而到处奔波,晚上又睡不好,常常被噩梦惊醒。这天,他从外边回家,已经是晚上七点了,他一进房间就倒在沙发上,不一会儿,就昏昏沉沉地睡着了。忽然车夫阿兴悄悄进来,轻声告诉他张小姐那里来请。

一听张宛宜来请,冯振华站起身,对着镜子整了一下领带,拢了拢散乱的头发,就由阿兴开车,很快到了张宛宜的住处。

张宛宜一见冯振华,立即扑向他的怀抱:"振华,我有要紧事跟你说。"她边说边从枕头底下拿出一封信。

冯振华接过信,那信已被张宛宜启封,他抽出一看,上面写着:

　　冯先生:

　　　　请你派人携款于本月二十日夜和我们会面。

　　　　地点:周家渡,小阿弟酒楼。

信上还写明了联络暗号。

冯振华奇怪地问:"这信是谁送来的?"

"不知道。今天下午我出去买香水,回来洗澡时在浴缸边沿的皂盒里发现的。"

冯振华"唉"地叹了一声,无力地倒在沙发上。

"你怎么啦?"

"后天就是二十日,可是至今还差四十万呢!"

"你就不能向亲家去借点?"

"哼!金大麻子在背后捣鬼,他和一帮子混蛋串通一气,想置老头子于死地。"

张宛宜又着急又同情地看着他,不知说啥好。

就在这时,门口响起敲门声。

冯振华开了门,见是他家的方管家,便问:"什么事?"

方管家脸上露出兴奋的笑容,说:"刚才金家老爷派人来找我,说他愿意借给我们四十万美元,叫我们明天晚上去取。"

一听金昌诚肯借钱,冯振华感到半信半疑,因为妹妹前天去借过,他分文不给,现在居然送上门。

方管家见冯振华不相信,着急地说:"大少爷,我什么时候骗过你了?"

"那好,我马上回去。"

李剑青听说金昌诚竟然主动借钱给冯家,感到大为蹊跷。他想:老奸巨猾的金昌诚早想置冯秉祥于死地,怎么会借钱给冯振华呢? 他很不放心,决定和林飞虎一起前往周家渡,以便见机行事。

血 染 酒 楼

周家渡是座城乡交界处的集镇。日落黄昏时,这座小古镇愈显得灰暗阴沉。小阿弟酒楼是座开面很大的两层中式酒楼,坐落在古镇中心。

这天下午六时许,李剑青身穿长衫,头戴礼帽,来到小阿弟酒楼隔壁的茶馆二楼,选了个临窗座位坐下,一边品茶,一边观察四周动静。

混在人群中的林飞虎走到酒楼门前,发现一个身强力壮的卖烟小贩老是偷眼瞟着进酒楼的人,再向前走了几步,又发现一个石库门里探出个脑袋,他一眼就认出是警察局侦探头目陈金福。林飞虎赶紧闪身进了隔壁茶馆,走到李剑青面前,把看到的一切悄悄地告诉他,然后咧嘴一笑说:"看来,等会儿有好戏看了。"

李剑青听了顿时眉头紧锁,他刚想说什么,只见一辆轿车在酒楼不远处的背阴处停下了。汽车里坐着的正是冯振华,但他没有下车,下车的是他的两个保镖,其中一个提了一只大黑包,朝小阿弟酒楼走来。就在这时,躲在石库门里的陈金福和几个便衣侦探也尾随而来。

李剑青一看这阵势,感到情况严重,如果此时绑匪来取钱,一定会落入侦探的网里。绑匪被擒,冯秉祥必遭绑匪杀害。怎么办?他刚想鸣枪报警,好让绑匪暂缓会面,谁知就在这时,只见一个戴鸭舌帽的汉子出现在酒楼门前,他四下张望了一下,走进了酒楼。李剑青暗叫一声:糟了!他刚想起身,猛抬头发现对面一幢民房的老虎天窗里,灯一下灭了,然而窗帘却拉开了一道缝。

李剑青不由心里一动:那是暗探?还是绑匪后援?要是后者,兴许还能化险为夷。他略一思忖,和林飞虎耳语几句,便起身走出茶馆,绕到那幢有老虎窗房子的后面,又看到暗角处有黑影晃动,他明白了几分,便立即朝后街镇外走去。

再说那个戴鸭舌帽的汉子正是来与冯家接头的绑匪,他走进酒楼,便上楼进入后间的雅座。冯家保镖见他进来,忙起身相迎。

戴鸭舌帽的汉子问:"先生,有海货吗?"

"有。"

"是海参还是干贝?"

"海参。"保镖把装钱的皮包一晃,说,"我们是不见人,不交货。"

汉子一听,狡诈地一笑,说:"收到货,才放人,这是我们的规矩。"

他们刚说着，"砰"的一声，门被踢开，陈金福持着枪，带着两个侦探闯了进来。

那汉子见来势不妙，一脚踢翻桌子，于是双方展开了一场混战，但终因寡不敌众，被三个侦探按倒在地，戴上手铐，架了出去。

他们刚到酒楼门口，突然"砰"一声，从对面老虎天窗里射来一枪，那汉子的脑袋向后一仰，重重地倒在地上，鲜血溅了两个侦探一身，他们掉头一看，一发子弹已打穿了汉子的脑门。

随着一声尖啸的警笛声，军警从四面八方拥来，包围了酒楼对面那幢有老虎天窗的房子。这时只见一个黑影从房后的晒台上飞身而下，敏捷地闪进一条小巷，直朝镇北郊外奔去。

荒 墓 斗 匪

这个黑影就是绑匪的二头目朱定山。

原来，正如李剑青所猜测的，绑架冯秉祥果然是浦东帮干的。

浦东帮绑匪头目叫奚根生。此人早年留学过日本。日伪时在日本人组织的大道政府内担任过秘书长，后来由于内部倾轧，被迫弃职回家，同海匪朱定山结为把兄弟，又收罗一些土匪，组成一个绑匪集团，出没在上海滩。

那天，冯秉祥被绑架到匪窝，关在一座破祠堂里。第二天夜晚，身穿长衫、戴着眼镜、看上去像乡间教书先生的奚根生，来到祠堂，操着浓重的浦东口音，对冯秉祥说："冯先生，委屈你了。"说着一阵哈哈大笑，递给冯秉祥一支美丽牌香烟，然后收住笑声接着说，"老蒋在大陆上气数已尽，共产党来了不会让我们干这种买卖。我们这些穷哥儿们再不弄趟大买卖，到时候离开大陆，连张黑市飞机票都买不起。冯先生，请你包涵。"接着便开价六十万美元，并且不让还价。冯秉祥为了保命，只得写信给他儿子冯振华,并限定二十日夜在周家渡接头交款。

奚根生怕出意外,在派出联络员之后,又让二头目朱定山亲自出马,暗中援助。刚才当朱定山看到同伙被侦探擒获,他怕同伙供出他们的据点和活动方式,便当机立断,枪杀同伙灭口。

朱定山枪杀同伙之后,很快就窜到镇郊一片荒墓中。他坐下喘息了一会,便站了起来,刚迈步要走,突然感到一支冰凉的硬家伙顶住他的后腰,接着传来一声呵斥:"举起手,别动!"

朱定山吃了一惊,慢慢举起双手。就在这一霎间,他大叫一声,一个后翻,用腾空的双脚踢飞身后的手枪,又轻轻地落在地上。

他借着月光,看清对方是个戴礼帽、穿长衫的年轻人。他就是跟踪而来的李剑青。

朱定山见面前是个年轻的文弱书生,心中暗想:这小子今天是来找死的。于是发出一阵令人毛骨悚然的狞笑,接着又狂叫一声,又开五指,对准李剑青的颈部叉了过去。李剑青身子一偏,顺势来了个鸳鸯拐子腿,把朱定山踢翻在地。

朱定山翻身起来,吃惊地盯视着李剑青,这时他才发现,对方是个不可轻视的对手。他瞪着眼,慢慢把手伸到腿下,嗖的一声,抽出一把雪亮的匕首,来了几下花架子,想在气势上先压倒对方,接着又一个弓步,直刺过去。而李剑青左闪右挡,没几下,看准了对方的一个破绽,来了一招"海底擒龙",一把扭住朱定山的胳膊,手下一使劲,朱定山手臂被反扭了过来。

朱定山还想挣扎,没想腿弯上又挨了一脚,"扑"地跪倒在地,不能动弹。他回过脸,惊愕地问:"你是哪一路的好汉?"

李剑青冷笑了一声,轻蔑地看着朱定山,说:"你别问哪一路好汉,我是为冯秉祥特来找你谈判的。"

朱定山立即说:"好说,好说!"

这真叫不打不相识。经过这么一打,朱定山立即和李剑青在荒墓中谈判起来。

智擒密探

再说冯振华在警匪混战中,由保镖护着赶紧驱车离开周家渡,回到家里。他一夜未睡,直到凌晨,冯家的客厅里还亮着灯火。

冯振华背着手,来回在客厅里踱着。昨夜由于警察局插了手,父亲没有赎回。此刻,他痛恨的不是绑匪,而是警察局。因为他曾花了两万元,同警察局长达成了协议:在父亲脱险之前,警方不得对绑匪采取行动,以免危及父亲的安全。现在,他们拿到钱,居然又破坏协议。这怎么不使他痛恨呢!

冯佩华也一夜未睡,天亮后,她坐在卧室里等着父亲的消息,她的耳边不时响起李剑青的声音:"你哥哥把事情看得太简单了,警察局可能已经被金昌诚收买,他们会借刀杀人……"

李剑青的这种判断,现在已被证实了,使她在敬佩之余,对李剑青产生了爱慕之情。自从李剑青的出现,她的生命中好像充实了一种活力,只是眼下这形势……

"卖花,卖花……"

忽然,她听见窗外传来了小玉那银铃般的声音。她急忙推开窗户,朝窗外望去,看见小玉正抬着头张望。冯佩华匆匆下楼,走出梅园,同小玉见了面。小玉转告她,李剑青上午九时在中山公园等她。

冯佩华准时赶到中山公园,见到了李剑青。这时天下着蒙蒙细雨,李剑青和冯佩华合撑着一把雨伞,走在满是落叶的小径上。

"你真是未卜先知。"冯佩华首先打破了沉寂。

对于这种赞扬,李剑青只是微微一笑。然后平静地说:"我已经和绑匪取得了联系。"

"昨天你也去了?"

李剑青点点头。接着,他告诉冯佩华,昨晚生擒了朱定山,同这个绑匪二头目进行了一场谈判,朱定山同意由他亲自送款,赎出她的父亲。

李剑青朝冯佩华看了一眼,问她:"你看,这样好吗?"

冯佩华一听这话,顿时沉默了。她心里十分矛盾,她想救出父亲,又怕李剑青遇到危险。

"怎么,你不相信我?"

冯佩华摇摇头,急忙说:"我相信你。可是……"

李剑青已经看出她的矛盾心理,便说:"你别为我担心。不过,在和绑匪见面之前,首先要剪断警察局在你们家的内线。"

说到内线,冯佩华也一直在想着这问题,昨天的事情说明家里确实有警察局的内线。可是,这内线是谁呢?

李剑青见冯佩华沉思不语,便说:"你能帮我忙吗?"

"我?"

"对。这件事只有你能办到。"

冯佩华感觉出他的话里充满着信任,这种信任对她来说,比什么都珍贵。她悄声地问:"什么事?"

于是,李剑青把他打算如何剪断内线的计划讲了一遍。冯佩华听了感到担心,怕自己不能胜任这个角色。

李剑青看了她一眼:"你害怕吗?"

冯佩华沉吟了一会,微微一笑,说:"你不是说,有许许多多的人都在关心我父亲的命运吗? 这是为了自己的父亲,我还怕什么?"

李剑青高兴地说:"那就好。"

这时,冯佩华发现,李剑青替她打着雨伞,而自己的半边身子却淋在雨里,便不好意思地说:"你看你……"然后顺势把李剑青一拽,紧紧地靠在他身旁。

他俩又倾心谈了一会,才分手。

第二天中午,陈金福带着幸福的憧憬来到了新桥饭店,他得意极了,今天上午接到冯佩华的电话,说那天被他拿去的钻戒和金表,是她的纪念品,她愿意用三倍的价钱赎回,并约他今天中午在新桥饭店会面。这样的好事他怎么不干呢? 他还庆幸自己没有把钻戒和金表卖掉。现在他按时来到会面的地点。

当陈金福兴冲冲地走进新桥饭店的雅座时,起身迎接他的不是冯佩华,而是摘下墨镜的李剑青。

陈金福诧异地问:"冯小姐呢?"

李剑青说:"我就是受她的委托,来赎钻戒和金表的。请坐吧!"

陈金福犹豫了一会,他估计现在中午人多,又在闹市中心,对方只一个人,不敢拿他怎么样。于是便坐了下来。

这时,堂倌已把酒菜放在桌上,李剑青把手一伸,说:"来,我们边吃边谈。"

陈金福板着脸说:"还是谈完正经事再吃吧!"

李剑青摸出两根金条,放在桌上。

陈金福看了一眼金条,说:"两根不行,要是再拿两根出来,才能换回钻戒和金表。"

"给你。"李剑青爽快地又摸出两根金条,往桌上一扔。

陈金福拿起金条,掂了掂,验明了是真货,才把钻戒和金表掏了出来。

李剑青收下钻戒和金表,拿起筷子,说:"请!"

陈金福拿起筷子,刚要挟菜,突然飞来一只苍蝇,他用筷子赶了几下,没赶走,恼火地说:"妈的,这年头真反常,天很冷了,还有苍蝇!"

李剑青看着微微一笑,一抬手,用手中的筷子把飞转的苍蝇挟住,扔在地上。

陈金福惊叹道:"好功夫!"

李剑青微微一笑,说:"你要是和我来硬的,你还没有掏枪,你的眼珠就上了筷尖,这叫'二龙戏珠'。"

陈金福两眼紧张地看着李剑青手中的筷尖,换上笑脸,说:"兄弟怎敢动武。干这份苦差使,无非是为了几个钱嘛!"

李剑青举起酒杯:"那好,来,为我们的买卖成功,干杯!"

就在陈金福和李剑青碰杯的时候,"咔嚓"一声,门口亮了一下闪光灯,接着戴着墨镜的林飞虎端着照相机走了进来,身后还跟着一个年轻人。

年轻人用装有消声器的手枪对准了陈金福,轻声喝道:"别动,把手举起来!"

陈金福吓得面如土色,战战兢兢地举起了双手,年轻人立即上来卸下他腰间的手枪。

林飞虎把照相机往桌上一放,坐了下来。

李剑青拍了拍照相机,轻蔑地说:"陈先生,你和新四军李科长觥筹交错的热情劲儿,已经装在里面,你说该怎么办?"

陈金福立即把四根金条掏出,放在桌上。

李剑青冷笑一声,说:"这本来就不是你的。"

"那你要我怎么办?"

"要你说出警察局在冯家的内线。"

"我……我不知道……"陈金福慌忙地说。

"真不知道?"李剑青见他不说,"霍"地站起身,说:"好吧,等着我们把照片寄给警察局,让你们的王处长来处置你吧!"

这句话击中了陈金福的要害,他急忙拉住李剑青的衣袖,哭丧着脸说:"李先生……我、我说……"

揭　露　内　奸

李剑青从陈金福口中听到一个熟悉的名字,他大感意外。

这人叫杨泾明,是冯振华在中学和大学里的要好同学,靠冯家的推荐,在《申江日报》谋到个记者的饭碗。冯振华是个桥牌迷,常常邀杨泾明来家打桥牌,所以杨泾明成了冯家的常客。杨泾明于是就利用在冯家厮混的机会,勾搭上了冯秉祥的三姨太。对他来说,和三姨太私通,不但肉体上能得到满足,而且经济上还可以得到补贴。

这天夜晚,一辆三轮车停在一条新式弄堂的弄口,从车上下来一个二十七八岁的男人,他就是杨泾明,接着下车的是冯秉祥的三姨太。

杨泾明挽着三姨太的胳膊,走进弄堂,往他们租了的房间走去。

他俩上了二楼,进入卧室,突然,三姨太发现窗前有个人影,惊得尖叫起来。

"谁?"杨泾明壮壮胆,喝问一声。

这时,那人影手一伸,"嗒"的一声,灯亮了。那人说:"你中学时代的同学李剑青,不认识了?实在抱歉,今天我是不请自来。"他说着,彬彬有礼地向杨泾明点了点头。

杨泾明一见李剑青突然出现,感到事情不妙,强作镇静地挤出笑脸:"你看,我都认不出了。坐,坐,老同学嘛!"

三姨太惊魂始定,站在床边一动不动,眼里含着怨恨的光,瞪着李剑青。

李剑青平静地对杨泾明说:"我在这屋里,你感到奇怪吗?"

"是有点奇怪。"

"进这个房间,我想总不见得要比进冯家的密室难吧!"

杨泾明一惊,惶恐不安地说:"我不懂你的意思。"

李剑青微笑了一下,说:"我记得泾明兄在学校里就善于编故事,今天我来,想讲个故事给你听听。"

杨泾明声音发颤地干笑笑,说:"你讲的故事,我一定会感兴趣。"

李剑青不急不慢地讲了起来:"有一天下午,一位冯家的常客在他们花厅里打桥牌,大约三点钟的时候,他说身体不舒服,由别人代打。他离开花厅,并没有回家,而是溜进了三姨太的房间,藏在大壁橱里。晚上,冯家老小除冯秉祥外都去参加金家的婚宴。三姨太悄悄地把他领进了冯秉祥的密室。这个人进了密室后,从抽屉里拿出一支白朗宁手枪。一个小时后,当冯秉祥听到枪声,打开密室的门想躲进去的时候,他蒙着面,用手枪对准了冯秉祥,逼他退出密室,于是,一伙人闯进来,把冯秉祥绑走了……泾明兄,你猜这个人是谁?"

杨泾明假笑了一阵,说:"你大概看福尔摩斯的侦探小说看多了!"说罢,从枕头下抽出一把白朗宁手枪,对准了李剑青。

这时,一直在旁冷眼看着的三姨太叫了起来:"蠢货! 子弹还能留给你?"

"还是姨娘精明。"李剑青说着,从口袋里摸出一把子弹,放在桌上。

杨泾明猛地把手枪砸了过去,同时扑向李剑青。

李剑青一抬手,接住手枪,用脚轻轻一拨,"扑通"一声,扑过来的杨泾明被绊倒在地。

三姨太看着情夫受辱,神经质地叫了起来:"我现在告诉你,那天佩华要跟你逃走,是我向老头子报的信。你今天可以报复我了,杀吧,杀吧! 老头子打了你耳光,你还想救他,你这个奴性十足的家伙!"

李剑青气得脸色铁青,一巴掌猛地拍在桌上:"你给我住嘴!"然后把目光移向杨泾明,说,"如果你能说实话,我可以给你留一条活路。"

杨泾明看到自己不是李剑青的对手,便换了一副态度,说:"凡是我知道的,我一定说。"

"你是怎样和绑匪一起策划这次绑票的?"

"我没有和他们一起策划。他们有什么事想让我去办,就写信给我。上次冯家和绑匪在小阿弟饭店碰头,就是他们写信给我,由我买通东亚饭店的仆役,把一封由我写的会面地点的信送到张宛宜的客房里。代价是,事成之后给我两万元。"

"你和警察局以及金昌诚有什么关系?"

杨泾明怔住了:"我……"

李剑青见杨泾明支吾不语,便说:"是不是还要我再讲一个故事?"

"用不着,用不着。"杨泾明马上接下去说,"金昌诚派人和我联系,让我随时把绑匪的情况告诉他。就在我们会面的时候,突然闯进了一群侦探,他们逮捕了我们。稽查处的王处长亲自审讯了我,也要我把从绑匪那里得到的消息随时向他们报告,还指定陈金福和我联系……"

"绑匪给你的指示信呢?"

"都交给金昌诚了,他给了我三万元。他要我把情报先交给他,再由他决定哪些可以报告警察局。看来,他们和警察局有些矛盾,他们更急于置冯秉祥于死地……"

李剑青沉思了一会,又把目光移向三姨太,平静地说:"姨娘,大伯有对不起你的地方,可是,你这样做是有罪的。你被别人利用了……你走吧!"

三姨太脸红了,但她仍没忘记她的情夫,指指杨泾明,问:"他呢?"

李剑青皱起眉头想了想,说:"他也可以走,不过,你们必须马上离开上海。"

杨泾明一迭连声地说:"离开,我们马上离开……"边说边和三姨太收拾了一下简单的行装,匆匆地走出了门。

奉 城 被 困

谁知杨泾明一出门,忽然听到警车呼啸而来,顿时喜出望外,立即拉开喉咙大喊起来。但没等他喊出声,三姨太一把捂住了他的嘴,求道:"泾明,剑青是个好人,我们不能昧着良心干这种事!"

"良心?"杨泾明冷笑着说,"现在良心值几个钱……看,都怪你,警车跑了!"

原来,那警车只是路过这儿,这时早已飞驰而过,杨泾明只好悻悻朝前走去。

当他们走到一条昏暗的小街时,杨泾明突然伸出胳膊,紧紧勒住了三姨太的脖子。以前,三姨太是他的玩物,现在却成了累赘,而且,有可能危及自身的安全,因此他决定除掉她。

三姨太遭到突然袭击,意识到杨泾明要干什么,她想呼救,却已喊不出声来,她拼命挣扎,却怎么也挣不脱。

就在她濒临死亡的一刻,突然枪声一响,一发子弹打穿了杨泾明的脑袋。

三姨太软绵绵地瘫倒在地,她睁眼看见树后一个黑影闪了一下,离开了。她马上明白,那是李剑青的人,他们在保护她,她感激得情不自禁地淌下了眼泪。

那个消失的黑影是林飞虎。他一直暗中跟随着他们,就在杨泾明下毒手的一刹那,他以干净利落的一枪,结果了这个凶恶的内奸。

李剑青他们拔掉了安插在冯家内部的钉子后,立即往奉城与绑匪接头。

这天,日落黄昏时,打扮成商人模样的李剑青和一身随从打扮的林飞虎来到原先与朱定山约好的会面地点——奉城。

奉城有一条南街，街上有一条深巷，巷里有一家非常清静雅致的客店，叫"八间头"。

七点整，李剑青、林飞虎和绑匪二头目朱定山在八间头见面了。

朱定山抱拳客套几句后，便开门见山地问道："李先生的货呢？"

"都在这里。"李剑青指着林飞虎身边的皮包说。接着又问，"冯先生人呢？"

"马上就到。"

林飞虎把皮包往桌上一放，拉开拉链，包里露出一捆捆美钞。

朱定山眼看着这鼓鼓囊囊的皮包，不禁喜上心头。

他正在得意之时，外面突然响起了一阵枪声，跟着一个绑匪紧张地跑进来报告："二哥，前面的弟兄和警察接火了。"

"慌什么！"朱定山说着掉过头，瞪着李剑青说，"李先生，你看，事情这么巧，你们前脚刚到，那帮警察蠢猪后脚就跟上了。哈哈哈！"

"要是怀疑我们设圈套，干吗我们还拿这六十万美元来？"李剑青先发制人，又朝林飞虎丢了一个眼色。

林飞虎立刻拉上皮包上的拉链，拎起皮包，对朱定山说："你要不相信，咱们改日再谈！"

"李先生，别误会，别误会。快跟我走！"

李剑青和林飞虎立即跟着朱定山从后门走了出去。

他们在后街上没走多远，迎面出现了一群警察。他们又绕道来到前街，迎面又射来一排枪弹。现在才清楚，他们已经被层层包围。于是，他们一面开枪阻击，一面退进一家酒楼，上了二楼，居高临下地对付着警察。

此刻，楼上、楼下全都坐满了客人，一听枪声，里面就大叫小哭地乱成一团。楼外的警察在稽查处长的指挥下,凭着各种地形和障碍物的掩护朝酒楼开枪。顿时,枪声、哭声闹成一团。

那么,警察局怎么知道朱定山和李剑青见面的时间和地点的呢?

原来,杨泾明的死,使稽查处长感到莫大的震怒和意外,断了这条内线,等于蒙住了他的眼睛。经过盘查,知道是陈金福把内线的秘密泄露给了共产党。狡猾的稽查处长知道,一条受伤的狗会比平时更凶猛,因此他没有处置陈金福,而是叫他戴罪立功,探明李剑青的行踪。

陈金福除了感激稽查处长外,又急于要报复,他连续几天寻找李剑青的踪迹,终于探到今晚他在这里与绑匪会面,就马上报告稽查处长,带领警察来奉城。

这时,稽查处长忽然下达"停止射击"的命令,他要抓活的。他明白,只要抓住这些人,剩下的绑匪就必然要"撕票"。他对身边的陈金福说:"叫他们投降,给他们考虑十分钟的时间。"

陈金福立即扯着嗓子,大声喊起来:"快投降吧,给你们考虑十分钟的时间。不然,只有死路一条!"

酒楼内的人们听到了外面的喊话,顿时安静下来。

李剑青却在沉思着脱身之策,他觉得他和林飞虎不能单独脱身。因为这样会被绑匪误认为是他们真的设了圈套。

就在这时,依在窗边的朱定山指指窗口,说:"咱们就从这东窗跳下去,你们一起跳!"

"好吧!咱们在哪里再会面?"李剑青问。

朱定山想了想,说:"娘娘桥。"说罢,就要往下跳。

李剑青一拦:"慢!"又对林飞虎说:"先给我一万小票面的美元。"

林飞虎从皮包中取出一捆捆小票面美钞,递给李剑青。

李剑青接过美元,拆开纸带,走到东窗前,迅速朝外观察了一下,猛地撒出美元,嘴里叫一声"跳",便和林飞虎、朱定山纵身跳出窗口。

东窗下,是一片平房的屋顶,当他们落在屋顶时,美钞还在天空中飞舞。警察和侦探一见天落美钞,就一拥而上地争抢起来。

这下可把稽查处长气坏啦!他气急败坏地拔出手枪,"砰砰砰"朝天连放了几枪,大声嘶叫:"住手,住手!不许抢!"可是那帮家伙哪听他的。

此时只有陈金福没去抢,他发现冲出包围的李剑青和林飞虎,便紧紧追赶上去。李剑青发现追来的陈金福,突然回身一枪,只见陈金福摇晃了一下身子,直挺挺地倒在地上。

等那帮家伙抢完美钞,李剑青、林飞虎和酒楼里的绑匪已不知去向。

稽查处长气得脸色铁青,蹬脚直叫。

风 云 莫 测

当李剑青和林飞虎来到娘娘桥的时候,已经凌晨,月光下,他们看见桥下停着一艘乌篷船,船头上晃着几个人影。

这时传来问话:"是李先生吗?"

李剑青听出是朱定山的声音,立即应了一声:"是的。"

朱定山立即走过跳板,走到桥头,抱拳一拱,说:"李先生真是胆略过人的英雄。"

"不敢当。"

朱定山客套几句后,说:"我大哥想会会你们,不过,得委屈你们一下,蒙上眼睛。"

李剑青毫不在乎地说:"一切听便。"

于是,他们登上乌篷船,两个绑匪立即掏出两块黑布,替他们蒙上了眼睛。

船开了两个多小时,他们上了岸,又被引进一个院子。眼睛上的黑布被揭下。李剑青一看,只见自己正对面的一张太师椅上,坐着一个四十上下的汉子。

这时那坐着的人彬彬有礼地站了起来,斯文地说:"鄙人姓奚,名根生。二位先生驾到,兄弟有失远迎,抱歉,抱歉!"

李剑青也客气地说:"哪里,哪里。"

"请,请。"奚根生把他们让到一张八仙桌旁坐下,又示意上茶。

谈判开始了。李剑青把手一伸,林飞虎马上把黑皮包往桌上一放。

李剑青说:"今天我带来了六十万美钞,只是中途遇到军警,迫不得已用了一万元买路,你们的朱先生可以作证。"

林飞虎拉开拉链,取出一捆美钞:"请你们点一下。"

"用不着了。"奚根生说着,把脸转向一个绑匪,"请冯先生。"

不一会,蒙着眼睛的冯秉祥被两个绑匪带了进来。

奚根生亲自替冯秉祥揭下黑布,歉意地说:"近来冯先生受苦了,兄弟实在是照顾不周。"

冯秉祥懵住了,他简直不敢相信自己的眼睛,站在面前的竟会是李剑青。

李剑青见面容苍白的冯秉祥,忙说:"大伯,我是剑青,今天是来接你回去的。"

冯秉祥看着李剑青,只是蠕动了一下嘴唇,混浊的眼里闪动着泪花。

奚根生吩咐道:"摆酒,今天我一是为李先生洗尘,二是为冯先生压惊。"

房间里点起了一盏汽灯,炽白的灯光把屋里照得通明。没多一会儿,八仙桌上摆满了酒菜。

奚根生亲自给冯秉祥、李剑青和林飞虎斟酒,又给自己和朱定山斟满后,举起杯子说:"来,为冯先生安然而归,为结识李先生这样一位英雄,干杯!"

然而,就在奚根生高兴的时候,一个绑匪匆匆走进来,在他耳边悄悄说了几句。

奚根生微微一怔,起身说:"诸位请随意吃,兄弟去一下就来。"

李剑青和林飞虎看着神情异样的奚根生走出门外,心里感到蹊跷。

在令人窒息的气氛中,奚根生终于回来了,并招呼说:"端火盆。"

两个绑匪立即端来一只烧着木炭的大火盆,只见奚根生一抬手,那个刚才和他耳语的绑匪,立即从黑皮包里拿出一捆美钞,扔进火盆,不消十分钟,四十万美钞很快就化成了灰烬。

奚根生"嘿嘿"干笑了两声:"冯先生,令郎太不守信义了吧!"

冯秉祥从对方的干笑里看到了毛骨悚然的杀机,他感到手脚发麻,全身透凉。

奚根生把脸转向李剑青,问:"六十万美钞中有四十万是伪钞,李先生是不是知道? 你看,现在怎么办?"

形势如此突变,李剑青大为震惊,他只得说:"我们诚心来接冯先生,事先不知道那四十万美钞是假的。请奚先生多多包涵,并宽限数日,我们尽快再奉上四十万美元。"

朱定山眼露凶光说:"哼! 我们已经赔上了一个弟兄,冯振华这小子又耍了这样一个花招,如今四十万只能给冯先生买一口上等的楠木棺材。"

冯秉祥用发颤的声音问:"你说吧,要多少钱?"

朱定山凶狠地说："再六十万!"

奚根生似乎显示出宽宏大度:"算了吧,我们也别乱涨价了,再补四十万吧!"

冯秉祥露出一种乞怜的神色:"剑青,你回去对振华说,叫他尽快把钱凑齐,只要我能出去,钱是能赚回来的。"

李剑青安慰说:"大伯,你好好保重,我一定尽快把你接回去。"

奚根生慢条斯理地说:"请李先生转告冯大少爷,我们对冯先生已破了规矩,凡事可一而不可再……"

奚根生的话还没有说完,朱定山凶相毕露地瞪着眼睛,"嗖"的一声,一把明晃晃的尖刀猛地插到桌上。

李剑青把手一拱,冷静地说:"先生的话我们一定转告。"

奚根生一听,站了起来:"拜托了。时间不早了,兄弟不能久陪。送客!"

白 鸽 飞 翔

李剑青从绑匪那儿回到上海,在沿江杨家渡一带贫民区的一幢房子里住下了。他站在老虎天窗前,望着远方的天空,心情十分抑郁,由于自己低估了对手,才使自己面临着很大的困难。

"嘭"的一声,坐在他身后的林飞虎,一拳砸在桌子上,愤愤地说:"我们冒着风险去救他的老子,这小子却叫我们去送假钞票,而且事先连个招呼也不打。"

李剑青长长吁了口气:"冯振华不会拿老子的生命去同绑匪开玩笑,他不一定知道美钞是假的。"

"那么,究竟是怎么回事?"

"眼下有一种可能,就是金昌诚一面把弄来的假钞票借给冯振华,一面又把假钞票的消息通出去,目的是惹怒绑匪,借刀杀人。这一招多么阴险毒辣!"

林飞虎点点头,同意李剑青的分析。不过,他还有一个问题:"绑匪是在我们会面后不久,才得到假钞票的消息,这耳目是谁? 那儿没电话,又是怎么报的信?"

"问得好!"李剑青望着窗外说,"我们先要找到那个耳目。"

突然,他的眼睛注视着天空飞翔的鸽子。嗡嗡的鸽哨声,猛地使他产生联想。他急忙转身,拿出纸笔,一面写信,一面对林飞虎说:"老林,你马上派人把这封信交给冯佩华,让她了解一下这些情况。"

林飞虎看过信,用敬佩的眼光看了李剑青一下,便马上走了出去。

一直等到天黑,林飞虎才带了冯佩华进来。

冯佩华一见李剑青便先解释说:"听我哥哥说,从金昌诚那里借的四十万美钞是犹太人兑给他的,那个犹太人已回美国去了,不可能把这件事透露出来。"

"那么还有谁知道美钞是假的?"

"张宛宜。听哥哥说,他是在你们和绑匪会面的那天早上才听她说的。"

"那天早上,他们在哪里?"

"张宛宜家。张宛宜说,是她哥哥在喂鸽子时告诉她的。"

李剑青一听,突然把拳头往手心上一击,神秘地对她一笑,说:"佩华,看来又得请你帮忙了。"

冯佩华不解地看着他,不知他又想到了什么好主意。

李剑青分析了情况,然后又提出了下一步打算。林飞虎和冯佩华听了,紧蹙的眉心逐渐舒展开来。

这一天,冯佩华带着李剑青来到了张宛宜家里,走到三楼,就听到阳台上"咕咕咕"的鸽子叫声。

李剑青趁着冯佩华和张宛宜在谈话,悄悄来到阳台上,只见鸽棚里关着一灰一白两只鸽子,估计这就是她哥哥张晋宜喂养的。

凑巧,张晋宜不在家。李剑青迅速打开鸽棚门,捉出两只鸽子,悄悄奔到门口。这时暗中跟随而来的林飞虎,手里拎着冯家的鸽笼走了过来,鸽笼里面关着好几只鸽子,李剑青把两只毛色一样的鸽子来了个"调包计",把冯家一灰一白鸽子关进了张晋宜的鸽棚里。

他们又谈了一会,便从张家告辞出来。

当张晋宜回到家里的时候已是傍晚时分,他想起还没喂鸽子,便直奔阳台。

这个张晋宜,生活放荡,爱钱好嫖。一个月之前,他经人介绍认识了绑匪奚根生和朱定山,上了贼船,并接受了绑匪头目的指使,充当绑架冯秉祥的耳目。一天,他无意中发现杨泾明和冯秉祥的三姨太在外面私会,于是以此要挟杨泾明当了他在冯家的内线。他养的几只鸽子是绑匪交给他的。他用鸽子和朱定山他们联系,冯秉祥绑票事成之后,他可以得到一万美元的报酬。

冯秉祥被绑架后,他已经放出两只信鸽:一只是通知绑匪,冯家已筹划到六十万美元;一只报告绑匪,其中四十万美钞是假的。

然而在这同时,张晋宜暗中又为金昌诚收买,指使他借刀杀人,置冯秉祥于死地。

张晋宜为了实施自己的计划,他喂完了鸽子,写了一张纸条:

阿根:

　　近来警察局对冯家监视甚严。据可靠消息:冯家也难以凑足六十万美元。我看,还是撕票为好。

晋宜

接着,他把写好的条子绑在信鸽的腿上,把它放了出去。他一直望着信鸽在天上消失之后,才回到屋里。他断定奚根生还要考虑一下才能给他答复,为了散心解闷,他决定去"百乐门"找那个叫徐蓉蓉的舞女。

他走到弄口,看见一辆黄包车停在那里,就跳上车,喊了声:"百乐门……"

这时,天色昏暗下来,又下起蒙蒙细雨,车夫放下车帘,拉着车向前跑去。张晋宜闭起双眼,随着车子的摇摇晃晃,脸上露出微微笑意。当车夫喊了一声"到了"时,他才睁眼掀开车帘,突然一把明晃晃的钢刀对准了他的胸口,他做梦也没想到,黄包车竟把他拉到了黄浦江边。接着,他又被几个人堵上嘴,拉到一艘被搁在草滩上废弃的驳船里。

早就等在那儿的李剑青见被押进船舱的张晋宜指了指旁边的椅子:"坐下吧!"

惊魂未定的张晋宜斜睨了李剑青一眼,他猜不透这是哪一方面的人。

"请张先生看一样东西。"李剑青说着,递给对方一张纸条。

张晋宜一看纸条,大吃一惊,这是他傍晚写的绑在信鸽腿上的纸条,怎么会落到他们的手中?"我……我不明白这是什么意思……"

"要是我没有记错的话,张先生的大号就叫晋宜。你怎么不明白?"

张晋宜心里非常明白,如果他承认纸条是自己写的,决不会有什么好结果。他愣怔地站在那里,不吭一声。

站在一边的林飞虎说:"把他装进麻袋沉到江里喂王八!"说罢,像老鹰抓小鸡似的抓住张晋宜的领子,要把他装进麻袋。

张晋宜吓懵了,"扑通"跪倒在地:"我……我明白……"

"明白就好。你现在写一张条子,说冯家已经凑足了四十万美金,是真货。要奚根生在明天晚上带着冯先生在三林塘的海神庙和我们会面。"李剑青说罢,递过了纸笔。

"可以,可以!"张晋宜立即趴在椅子上,写了起来。

天亮以后,林飞虎把张晋宜写的这张条子绑在那只从鸽棚里换来的信鸽腿上,他一松手,鸽子"扑棱棱"地飞向布满朝霞的天空……

最 后 较 量

在淡淡的月光映照下,一条小路像银色的缎带向前延伸,路的一边是田野,一边是河塘,河塘里长着密密匝匝的芦苇。路的尽头是一座小庙,这就是李剑青和绑匪会面的海神庙。在离海神庙不远处的芦苇丛中,有一条小船,李剑青、林飞虎和两个年轻人驾着轻舟,潜藏在这芦苇丛里,他们已经埋伏了三个小时了。

此时,他们看到从小路上来了三个绑匪,带头的是朱定山,却不见冯秉祥。他们走到海神庙前,左右张望了一下,走了进去。

李剑青和林飞虎立即上岸走进庙门,只见供台上已燃着几根粗大的红烛,把庙堂照得通明。

朱定山和两个绑匪站在神像下,其中一个绑匪手里托着鸽笼,他们见李剑青和林飞虎进来,傲慢地拱拱手,说:"二位辛苦了。货带来了没有?"

"带来了。冯先生呢?"李剑青指指林飞虎手里的皮包,沉着地问。

"只要收到货,我把鸽子一放,冯先生在半小时之内就能送到。"

"噢!"李剑青转身向林飞虎取包时,朝他递了一个眼色,然后把皮包递给朱定山。就在双方接包的一刹那,李剑青猛地抓住对方的手腕,用力反扭过来,同时抽出手枪,抵住朱定山的后腰。

说时迟、那时快。林飞虎也一抬手,一把钢刀插进了托鸽笼的绑匪胸间,另一个绑匪还没回过神来,也被林飞虎一拳打倒在地,迅速地被卸下身上的手枪。

这突然的袭击,一下使朱定山懵住了。他稍微镇静一下,狞笑着说:"李先生,你要是一开枪,那边听见了,可是要撕票的。"

"咔嚓"一声,李剑青卸下弹夹,又随手把手枪往身后一抛,挽起袖管,说:"来吧,咱不动枪!"

朱定山定了定神,运了一会气功,突然直扑李剑青,另一个绑匪也冲向林飞虎。

经过几分钟的格斗,那个随从绑匪首先被林飞虎击倒在地,口吐鲜血而死。朱定山已领教过李剑青的功夫,眼下又出现了两对一的局面,他的精神防线已被击溃,他勉强招架了几下,迅速把手伸向腿部,"嗖"的一声一道寒光飞向李剑青。李剑青一伸手接住了飞来的钢刀,朱定山在绝望中垂死挣扎,刚要掏枪,这时李剑青手腕一抖,飞出钢刀,随着一声惨叫,钢刀已插进了朱定山的脑门。

李剑青吐了口气,走了过去,拿起鸽笼,把笼门打开,受惊的鸽子"扑棱棱"飞出了庙门,李剑青和林飞虎,立即离开古庙。

就在这时,突然一支由吉普车和摩托车组成的车队,朝海神庙飞驶而来,坐在吉普车上的是警察局的稽查处长。

原来昨天晚上,被李剑青他们关在船舱里的张晋宜钻出舷窗,跳进江里,泅水逃出来,向他报告了绑匪的行动。

吉普车箭一般地冲到海神庙前停了下来。

稽查处长立即下达命令:"向庙里冲!"

　　一阵乱枪后,警察们蜂拥冲进了古庙,稽查处长跟着走进古庙,只见里面躺着三具尸体,他心里一沉,便又下达了向庙外搜索的命令。

　　再说那绑匪头目奚根生见到了放回的鸽子,便带着几个绑匪押着冯秉祥向古庙走来,他们刚走到河塘边,突然听见乱枪声,他警觉地停了下来,一挥手:"撤!"

　　就在这时,芦苇里响起一阵枪声,奚根生和几个绑匪还没弄清是怎么回事,就捂着胸口摇摇晃晃地倒了下去。

　　夹在中间的冯秉祥吓懵了,腿一软,倒在路沟里。忽然,有人把他搀扶起来,"大伯,大伯"在耳边呼唤他,他定睛一看,意外地喊着:"剑青……"

　　原来,李剑青和林飞虎离开古庙后就潜伏在芦苇丛里,等奚根生他们押着冯秉祥路过河塘时,便来个出其不意,抢下了冯秉祥。

　　等稽查处长听到枪响,带着警察搜索到河塘小路时,只见到六七具绑匪的尸体。他一看,没有冯秉祥,便又朝江边追去。

　　到了江边,他们看见江心有一条小船正朝对江驶去,稽查处长问在江边抓鱼的一个渔民,渔民告诉他,有个穿西装的人就在那条小船上,他立即下令朝小船开枪。

　　警察都给弄懵了,他们是来打绑匪、救冯秉祥的,怎么现在却下令朝冯秉祥开枪呢?

　　枪声中,传来一个男人的叫声:"别开枪,我是冯秉祥,我已经得救了!"

　　稽查处长见警察们愣着,疯狂地吼叫着:"开枪,开枪!"

　　小船被密集的枪弹打得在江心中团团旋转。

　　当小船被拖到江边时,稽查处长看见船舱的积水里泡着三具尸体,其中一具穿着西装的死尸,脸已被枪弹打得模糊难认了。他也顾不得细看,低声对副官说:"把冯先生的遗体包起来。"

稽查处长一回来,就被召到警备司令部。他走进办公室,看见司令、局长以及市党部的一位官员笑脸相迎:"老兄干得不错!"

"是党国的英才!"

"要是共产党把冯秉祥救出去,我们会失去人心!"

警备司令转动着一双混浊的眼睛说:"老兄,为了党国的声誉,我们要求你作出一点小小的牺牲。明天你将离开稽查处,因为你没有保全冯先生的生命。请不要在意,这不过是一场戏。你虽然丢了乌纱帽,可是在经济上可以得到补偿。"

就在这时,办公桌上的电话铃响了,警备司令拎起话筒:"什么?"他的脸上顿时显出不安,慢慢地放下话筒,说:"冯秉祥到家了!"说罢,颓然地走出了办公室。

其他人也陆续走了出去,房间里只剩下了稽查处长一人。

扬 帆 远 去

早晨六时,冯秉祥穿着睡衣从浴室里出来,向客厅走去,他心里像一片翻腾的江水,说什么也不能平静。要不是李剑青让他把衣服从打死的奚根生身上换下来,又把奚根生和两具绑匪尸体装到小船上,再让人化装成渔民指路,吸引警察的火力,而让他躲在芦苇荡里,他早不在人间了。

家人都聚集在客厅里,冯秉祥走进客厅,一时不知道说什么好,尤其是看到两眼注满泪水的女儿冯佩华,心情十分不安。

这时,一个男仆走来:"老爷,外面来了一群记者,他们要求会见老爷。"

冯秉祥对儿子冯振华说:"振华,我身体不适,你去告诉他们,无可奉告!"

此刻,冯佩华正想着李剑青,也许他已离开上海了。她后悔当初没有勇气向他提出,跟他一起去解放区,她对这个家庭没有什么留恋。可是,她又害怕遭到他的拒绝。理智告诉她:他怎么可能爱上一个资产阶级家庭的姑娘呢!

她正想着,冯秉祥来到她的身边,深情地说:"佩华,爸爸看得出,你现在还是喜欢剑青,现在我也喜欢他。不过,爸爸认为他比你要高得多……你应该记住他对我们家的恩情,不要再折磨自己了……"

一听这话,泪水再也止不住地从冯佩华的脸上流了下来,她一转身,回到了自己的卧室,扑倒在床上,"呜呜呜"地哭了起来。

"卖花呀,卖鲜花呀……"小玉那银铃般的声音从窗外传来,冯佩华急忙翻身站起,擦去眼泪,走了出去……

星河灿烂的深夜,江岸边泊着一条大篷船。

李剑青披着星光,抱着双膝,坐在船头上沉思默想。船舱里不断传出林飞虎和几个年轻人的说笑声。这次,凡是和李剑青一起参加行动的人,全部撤往解放区。傅梦霞因受到敌人的注意,也随船同行。

一阵踩船板的声音,把李剑青从沉思中拽回。他转脸一看,是傅梦霞。

"怎么还不开船?"李剑青有点不耐烦地问。

"等人。"傅梦霞说着,在他的身旁坐下。

李剑青问:"等谁?"

傅梦霞望着他笑而不答。过了一会,她说:"我发现你好像有心事!"

李剑青摇摇头,也不答话。

傅梦霞微微一笑:"你在爱情方面不像一个堂堂的男子汉。"

李剑青惊讶地看着她,他被她的坦率弄得不知所措。

"今天我要批评你,你太忍心了! 你看不出吗? 佩华爱你,她想和你一起去解放区!"

李剑青听她说这话,苦苦一笑,把视线移到开阔的江面上:"我怎么看不出?"

"你不爱她?"

李剑青摇摇头,半晌,才深沉地说:"这个问题我考虑过。可是我觉得,如果我把她带走,会被冯家认为,我是为了她,才去救援她的父亲,这样,就会损害我们党的威信。"

"如果党组织决定把她带走,你会反对吗?"

李剑青腼腆地一笑:"那怎么会呢! 可是现在谈这个问题,为时……"

傅梦霞打断他的话头:"为时不晚! 我可以告诉你一个秘密。"

"什么秘密?"

"我在不久前已经布置一位同志和她联系,她说,她不愿再呆在上海,也不愿再生活在这样一个家庭里。她说要……"傅梦霞说到这里,故意停顿了一下。

李剑青急切地问:"她要什么?"

"要离开上海。"

"去哪儿?"

"到你去的地方!"

"这……"

这时,岸上亮了两下手电光,随后,夜幕中一前一后走来两个人:走在前面的是卖花姑娘小玉,跟在后面的就是冯佩华。

当她俩跳上船头的时候,李剑青不由愣怔住了,他没想到,今晚等的竟会是她!

傅梦霞眨眨眼,问李剑青:"怎么,不欢迎她?"

李剑青"嘿嘿"笑着,握住冯佩华的手:"欢迎你去解放区!"

"剑青!"冯佩华亲昵地叫了一声,扑向他怀里。

林飞虎和几个年轻小伙已钻出船舱,站在一边,窃窃地笑着。

小玉离开大篷船,消失在夜幕中。

星空下,烟波江上,一条大篷船扬帆远去……

(晓　野　大　为)